버섯 농장

버섯
농장

성혜령
소설집

창비

차례

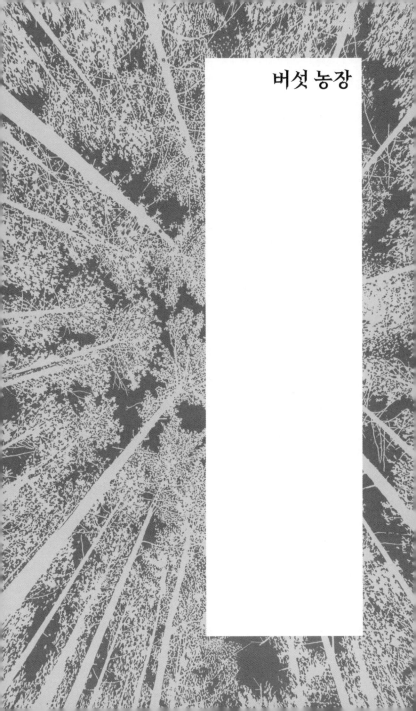

버섯 농장

한동안 연락이 없던 진화에게서 전화가 왔다. 화면에 뜬 이름을 보고 기진은 잠시 어리둥절했다. 진화라는 사람을 까맣게 잊고 있던 것처럼. 기진은 밤사이 업데이트된 유튜브 영상을 보려던 참이었다. 방은 한낮임에도 어두웠다. 암막 커튼 사이로 얇게 스며든 빛이 침대를 칼날처럼 가로질렀다. 기진이 구독 중인 유튜버는 목에 상처를 입은 채 버려져 있던 고양이를 구조하고 입양한 뒤 일주일에 한두번씩 영상을 업로드 했다. 고양이의 정기검진차 동물병원에 다녀온 에피소드가 새로 올라와 있었다. 영상을 막 재생했을 때 전화가 왔고 기진은 실수로 수신 거부 버튼을 눌렀다. 진화는 기진이 그럴 리 없다는 듯 곧바로 다시 전화를 걸어왔다. 그리고 대뜸 운전 좀 해주라, 라고 말했다. 부탁인지 명령인지 애매한 말투였다. 서울 근교에 있는 요양병원에 갈 일이 생겼는데 교통편이 나쁘니 기진이 차로 데려가주면 좋겠다고 했다. 기진은 장거리 운전을 좋아하지 않았지만 알겠다고 답했다. 고마워, 그럴 줄 알았어. 진화가 말했다.

그럴 줄 알았다니. 진화는 물론 기진이 지금 일을 쉬고 있는 것을 뻔히 알고 있었다. 기진이 밖에 잘 나가지 않는다는 것과 병균, 연쇄살인마, 교통사고를 무서워한다는 것도 알았다. 하지만 진짜 뻔한 사람은 진화였다.

진화는 중국 저가 의류를 비싸게 파는 인터넷 쇼핑몰에서 거의 10년째 일하고 있었다. 쇼핑몰 매출은 매해 크게 늘었는데 진화의 연봉은 그다지 오르지 않았고 일은 계속 많아졌다. 진화는 기진과 만날 때마다, 부모 잘 만나서 스무살 때 쇼핑몰을 시작해 실무는 아랫사람들한테 다 맡기고 내킬 때마다 해외로 여행이나 다니는 어린 사장에 대해서 온갖 저주와 욕을 퍼부었다. 진화의 증오는 너무 전형적이어서 기진은 가끔 진화에게 진심인지 묻고 싶었다. 정말 사장이 그렇게까지 싫은 거냐고. 회사를 나오면 다시 보지 않아도 될 사람을 어떻게 그렇게까지 싫어할수 있냐고. 정말 증오해야 할 대상은 그런 회사에서 10년간 나오지 못한 너 자신이 아니냐고. 물론 기진은 말하지 않았다. 이런 말을 하면 진화는 쉽게 회사를 그만둘 수 있는 기진이 아무것도 모른다고 생각할 것이므로.

*

돌아오는 주말에 기진은 차를 몰고 진화의 집으로 갔다. 진화는 대학가 오피스텔에서 살고 있었다. 졸업 전부터 이곳에 살다가 취직했는데 일이 바쁘다보니 이사 갈 시기를 놓쳤다고 했다. 기진이 진화의 집에 들를 때마다 진화는 불평했다. 옆집에서 오줌 싸는 소리도 들리고 계단에서는 썩은 계란 냄새가 난다고. 이사 가면 안 돼? 기진이 대꾸하면 진화는 어디든 똑같다고 말했다. 실은 이곳의 월세가 몇년 동안 동결되었기 때문이라는 것을 기진도 알았다. 건물이 복잡한 상속 소송에 걸려 있다고 했다. 건물 가치가 높게 평가되지 않는 게 건물주 입장에서 유리한 모양이었다. 건물은 거의 방치된 상태였다.

진화의 오피스텔이 있는 골목에 접어들자 눈에 익은 세탁소가 보였다. 세탁소의 전면 유리창에는 항상 같은 검은색 모피 코트가 걸려 있었다. 지나가다 언뜻 보면 사람이 매달려 있는 것처럼 보였다. 전리품 같은 걸지도 몰

라. 진화는 말하곤 했다.

"연쇄살인마들이 자기가 죽인 사람들 머리카락이나 손톱 같은 거 뽑아서 기념으로 챙기는 것처럼, 세탁소 주인한테는 그게 옷인 거지. 어쩌면 그걸 은폐하려고 세탁소를 하고 있는지도 몰라."

세탁소 주인이 한번 진화를 '처녀'라고 부른 후부터 진화는 그가 변태라고 믿었다. 세탁해야 할 옷이 있으면 다른 동네에 있는 체인 세탁소까지 갔다. 기진은 세탁소 앞에 차를 세웠다. 곧 진화가 골목으로 걸어 나왔다.

흰 민소매 원피스를 입은 진화가 차에 올라탔다. 치마가 접혀 올라가 뼈만 남은 듯 보이는 허벅지가 드러났다. 진화는 오랫동안 체중 관리를 하고 있었다. 쇼핑몰 모델로 촬영을 하러 오는 어린 여자애들한테 일을 시키려면 자기도 어느 정도 모델처럼 보여야 한다고 했다. 오랜만인가? 진화가 말했다. 기진은 잠시 진화와 마지막으로 봤던 날을 생각해봤다. 어디서 만났는지, 무슨 이야기를 했는지, 날씨가 어땠는지, 어느 계절이었는지조차 전혀 떠오르지 않았는데 한가지만 기억났다. 그날 기진이 진화에게 한번도 질문하지 않았다는 것. 진화의 말에 그래? 정말? 같은 추임새를 습관처럼 넣으면서도 진화가 하는 이야기에서 궁금한 점이 없었다.

진화는 내비게이션에 주소를 입력하며 중얼거렸다.

"썬샤인 노인전문병원, 병원 이름을 왜 이렇게 지었을까. 이런 병원에 자기 부모를 입원시키는 사람들도 어딘가 이상한 인간들일 거야. 아, 됐다."

진화의 말이 끝나자 안내를 시작하겠습니다,라는 내비게이션 음성이 너무 크게 들렸다.

고속도로에 접어들고 나서 진화는 기진에게 물었다. 여기 왜 가는지 안 물어봐? 기진이 대답하기 전에 진화는 이야기를 시작했다.

기진에게 말은 안 했지만, 진화에게는 1년 정도 만나던 남자가 있었다. 왜 말 안 했는데? 기진이 묻자 진화는 그냥,이라고 했다. 기진은 자기가 연애를 해본 적 없기 때문이라고 생각했다. 진화의 전 남자친구는 진화보다 두살 어렸고 졸업 후 대기업 하청 마케팅 회사에서 일하고 있었다. 1년을 만나는 동안 진화와 남자친구 사이엔 별문제가 없었다. 문제는 휴대폰이었다. 어느 날부턴가 진화의 휴대폰이 갑자기 꺼지는 일이 잦아졌다. 남자친구는 진화에게 휴대폰을 살 거면 자기가 아는 사람에게 가자고 했다. 군대에서 알게 된 동생이 통신사 대리점에서 일한다고, 거기서 사면 직원 할인을 받을 수 있다고 했다. 진화는 살던 곳에서 꽤 먼 동네의 대리점에서 휴대폰을 개통했다. 그리고 얼마 안 되어서 남자친구와 헤어졌다. 왜? 기진이 묻자 진화는 짧게 웃었다.

"전화를 안 받아서."

"전화?"

"새벽에 위경련이 나서 응급실에 간 적 있었거든. 그때 전화를 했는데 안 받았어. 자느라 못 받았대. 그럴 수 있지. 원래 잠들면 잘 안 깨거든. 근데 그냥 그다음부터 보기가 싫어졌어."

기진은 운전할 때 한눈을 팔지 않으려고 노력하는 편이지만 잠깐 고개를 틀어 진화를 쳐다봤다. 진화는 자기가 운전하는 것처럼 허리를 곧게 편 채 전방을 똑바로 바라보고 있었다.

그 남자와 헤어지고 1년이 지났고 진화는 그동안 짧은 연애를 두번 정도 더 했다. 두번 정도? 연애라고 하기 애매한 관계도 좀 있었어. 진화가 말했다. 그리고 3주 전, 진화는 한국신용보증보험회사라는 곳에서 독촉 전화를 받았다. 갚지 않은 부채가 있다고 했다. 부채는 총 6,538,207원이었고 15.7퍼센트의 이자가 다달이 붙고 있었다. 알아보니 진화 명의로 휴대폰이 하나 더 개통되어 있었고, 그 휴대폰의 할부원금과 1년치 이용요금, 그리고 게임 아이템을 구매한 소액결제액까지 하나도 납부되지 않아서 관리가 채권추심 업체로 넘어갔다고 했다. 그 휴대폰이 개통된 곳이 진화가 남자친구와 함께 갔던 대리점이었다. 진화는 그날 남자친구가 소개해줬던 아는 동생의 얼굴도 기억나지 않았다. 평범한 얼굴이었겠지, 굳이 기억할 이유가 없는. 진화는 말했다. 다만 그날 어떤 실수가 있어서 그 남자애가 사인을 한번 더 요청했다는 것은 기억났다. 진화는 일 처리가 허술한 사람을 보면 언제나 화가 났지만 남자친구가 옆에 있어서 더 묻지 않고 그가 요청한 대로 모든 서류에 사인했다.

진화는 독촉 전화를 끊자마자 전 남자친구에게 전화를 걸었다. 그는 전화를 받지 않았고 대신 메시지를 남겼다. 문자로 해. 진화가 대리점 동생에게 사기를 당한 것 같다고 긴 문자를 보냈다. 전 남자친구는 다른 말없이 그 동생의 연락처만 문자로 보내왔다.

경찰에 명의 도용으로 신고를 했지만 일단 빚을 갚지 않으면 신용등급에 문제가 생길 수밖에 없었다. 진화에겐 아직 갚아야 할 학자금대출이 남아 있었고 이사를 가기 위해 무리해서 적금을 붓는 중이었다. 적금을 깨면서까지 남이 진 빚을 갚고 싶지는 않았다. 진화는 전 남자친구가 준 번호로 전화를 걸었다. 신호는 갔지만 연결되지 않았다. 그래도 진화는 계속 전화를 걸었다. 신호음을 듣는 그 짧은 시간 동안 모든 생각이 사라지고 단조로운 소리만 남았다. 그때만은 상대방이 전화를 받을지 받지 않을지, 절반의 확률에 온 신경을 집중할 수 있었다.

하루는 아무것도 하지 않고 앉아서 전화를 걸었다가 신호음을 다 들은 뒤 끊고 또다시 걸었다. 상대의 전화가 꺼져 있다는 안내가 나올 때까지 멈추지 않았다. 진화는 꺼진 휴대폰에 문자를 남기기로 했다. 얼굴도 기억나지 않는 그 남자애에게 인생을 그렇게 살면 안 된다고 적었다. 자기는 아버지가 사업에 실패하고 방 안에서 술만 마시고 있어도 막 살아본 적 없다고, 누구에게도 손 벌리지 않고 혼자 벌어서 집세도 통신비도 휴대폰 할부원금도 꼬박꼬박 밀리지 않고 내면서 살아왔고, 아버지가 간 수술을 했을 때 돈을 보태기까지 했다고. 남의 돈으로 게임 하는 동안 얼마나 즐거웠을지 모르겠지만 이미 네 인생은 시궁창이라고.

긴 문자를 쓰고 나니 그애를 기분 나쁘게 해서 좋을 게 없다는 생각이 들었다. 결국 진화는 체납액만 갚아주면 고소를 취하해주겠다고, 아직 어리니까 기록 같은 게 남으면 안 되지 않겠냐고 마치 그애를 오랫동안 알아온 사람처럼 문자를 보냈다. 며칠 후에 답장이 왔다. 남자애의 아버지로부터였다. 어떻게 된 영문인지는 모르겠지만 이 번호는 아들의 번호가 아니라 자기 번호라고 했다. 아들과는 자신도 연락이 되지 않으며, 자신은 노모가 위독해서 낮부터 밤까지 요양병원에 있다고, 자기가 지금 할 수 있는 게 아무것도 없으니 더는 연락하지 말아달라고 했다. 진화는 그에게 요양병원의 이름을 물었다. 만약 정말로 그 남자애의 할머니가 위독하다면, 혹시 죽기라도 한다면 남자애도 거기에 나타나지 않을까 하는 생각이 들었다. 또 당장 할머니가 죽지 않더라도, 그애 아버지를 한번 만나보는 것도 좋을 것 같았다. 그에게 자식이 저지른 일의 책임을 상기시켜줄 필요가 있어 보였다. 그는 순순히 병원 이름을 알려주었다. 병원을 검색해보니 진화의 예상보다 먼 곳에 있었다.

*

   그들은 강을 지났다. 진화는 창밖을 보면서 소나기가 올 것 같다고 말했다. 가뭄이 지속되고 있다는데, 하늘에 구름 한점 없는데 무슨 소리야. 기진은 말하려다 말았다. 산이 높아지고 녹음이 짙어졌다. 차 안의 공기는 계속 뜨거워졌고 에어컨의 바람은 약한 세기로 고정되어 있었다.

   기진은 진화를 기숙사 고등학교에서 만났다. 24시간 공부할 수 있는 환경을 제공해서 명문대 진학률이 높기로 유명한 학교였다. 기진과 진화는 같은 반이었다. 어느 날 점심을 먹던 중 진화가 사실은 자신의 부모님이 서로를 혐오하고 있다고 고백하듯 말했다. 같이 밥을 먹던 다른 아이들은 혐오라는 단어의 무게를 알아차리지 못한 것 같았다. 기진은 아니었다. 진화의 말을 듣자 모든 게 명확해지는 느낌이었다. 기진의 부모님도 서로를 혐오하고 있었다. 단지 기진의 집은 진화네와 다르게 돈 문제가 불거질 일이 거의 없어서 노골적으로 드러나지 않았을 뿐이었다.

   기진이 스무살이 되던 해, 부모님은 지방에서 열린 친척 결혼식에 다녀오던 길에 사고로 죽었다. 고속도로에서 발생한 30중 연쇄추돌사고에 열여섯번째로 휘말렸고, 하필 앞뒤 차가 트럭이어서 즉사했다고 했다. 기진은 한동안 집에서 나오지 않았는데 유일하게 기진의 집 현관 비밀번호를 알고 있던 사람이 진화였다. 기숙사가 소등된 뒤 서로의 침대를 찾아가 부모의 끔찍함을 조용히 속삭이던 기억 때문인지 진화는 기진에게 혹은 기진의 부모의 죽음에 책임감을 느끼는 듯했다. 기진은 약간의 죄책감과 당혹감, 돌이켜보니 엄마나 아빠가 나쁜 부모는 전혀 아니었다는 뒤늦은 깨달음으로 잠을 못 자고 밥도 먹지 못했다. 진화가 기진을 돌봤다. 음식을 사다 나르고, 강의가 없는 날에는 장을 봐 온 재료들로 밥을 차려주겠다고 주방에서 몇시간이나 부산을 떨기도 했다.

물론 그런 시기는 지나갔다. 기진은 계속 부모님과 살던 집에 살면서 잠을 자고 밥을 먹었다. 산책도 가고 쇼핑도 했다. 엄마가 타던 차를 몰기 위해 면허도 따고 연수도 받고 가끔 내키면 차를 끌고 드라이브를 하기도 했다. 직장을 열심히 구하지는 않았다. 부모님이 가지고 있던 오피스텔에서 월세가 들어왔고 보험금도 꽤 되었다. 반면에 진화는 일을 쉬었던 적이 없었다.

강을 따라 달리는 동안 도착지까지 남은 거리가 한 자릿수로 바뀌었다. 강변도로에서 빠져나와 굴다리를 지났고 시내 쪽으로 접어들었다. 진화가 갑자기 차를 세우라고 말했다.

"병원에는 빈손으로 가는 거 아니야."

기진은 급하게 갓길에 차를 세웠다. 진화는 어린애처럼 뛰어 가판대로 가더니 참외를 봉지 한가득 사 왔다. 진화는 봉지를 발밑에 내려놓고 안전벨트를 매면서, 복숭아도 있었는데 아줌마가 아직 맛이 안 들었다고 해서 참외를 사 왔다고 말했다. 그리고 봉지가 찢어질까봐 까만 봉지를 하나 덧씌워주었다며 감탄했다.

"세상에 저렇게 착한 사람들만 있으면 좋을 텐데."

진화는 왜 처음 본 사람을 함부로 착하다고 하지? 기진은 진화를 낯선 사람 보듯 한번 쳐다보고 다시 차를 출발시켰다. 그들은 낮고 낡은 건물이 늘어선 시내를 지나쳤다.

"봤어?"

진화가 창밖을 보며 말했다.

"엄청 큰 새가 있었어."

"못 봤는데."

"진짜 컸는데."

그들은 지붕이 낮은 시골집 몇채와 목줄에 묶인 개들과 무성한 무덤들을 지나쳐 병원에 도착했다.

병원은 생각보다 규모가 컸다. 세동의 건물이 나란히 서 있었고, 주차 공간도 넓었다. 호텔처럼 꾸며진 1층 로비에는 널찍한 소파와 테이블이 충분한 간격을 유지하며 놓여 있었고 통유리창에서 들어온 햇빛으로 대리석 바닥에 광택이 돌았다. 진화는 창에서 가까운 자리에 앉았다. 참외 봉지는 옆 의자에 놓았다. 여기 좀 비쌀 것 같다. 진화가 말했다. 기진이 참외 봉지를 사이에 두고 진화와 나란히 앉으면서 고개를 끄덕였다. 곳곳에 혼자 있거나 가족과 함께 앉아서 무언가를 먹는 노인들이 보였다. 말소리는 사람들의 주위에서 조금씩 넘실거렸다. 진화는 휴대폰을 계속 보고 있었다. 잠깐 봤으면 한다고, 내려오시라고 했는데 답이 없어. 테이블에 교회 전단지가 놓여 있었다. 기진은 지루함을 견디려고 거기 적힌 글자들을 읽었다. 가까운 테이블에서 어떤 남자의 목소리가 갑자기 크게 들려왔다. 엄마, 딴 건 다 까먹어도 이것만 기억해. 형이란 새끼는 정말 나쁜 놈이야.

기진과 진화는 창가의 빛이 더 깊숙이 들어올 때까지 가만히 앉아 있었다. 진화가 자리에서 일어나 안내 데스크로 가서 남자애 이름을 대고 병실 번호를 물어봤지만 아무런 답을 듣지 못했다. 기진은 그날 새로 올라온 고양이 영상을 다시 볼까 망설였지만, 진화가 손톱을 물어뜯기 시작해서 휴대폰은 집어넣고 교회 전단지를 다시 처음부터 읽기 시작했다. '하나님의 품 안에서 아름다운 마무리를⋯⋯'

순간 주위가 조용해졌다. 누군가 테이블 옆에 멈춰 섰다. 기진과 진화는 햇빛을 태연하게 받아내며 서 있는 남자를 올려다보았다. 남자는 키가 커 보였다. 짧은 머리를 하고 몸에 달라붙는 티셔츠를 입고 있었다. 혹시, 나한테 전화한 아가씨예요? 남자가 말했다. 진화가 의자에서 일어나며 고개를 숙였다. 안녕하세요. 남자가 진화를 마주보고 앉더니 다리를 꼬고 얼굴을 쓸었다. 얼굴도 눈도 벌겠다. 내가 요새 잠을 좀 못 잤어요. 진화는 말없이 고개만 끄덕였다. 기진은 진화의 긴 머리카락이 갈라지면서 드러난 흰 목덜미에 솜털이 바싹 서 있는 것을 보았다. 진화가 먼저 말을 꺼냈다.

"제가 갑자기 찾아와서 놀라셨죠."

"이 나이쯤 되면 별로 놀랄 일이 없어."

"말씀드렸다시피, 아드님께서 불법으로 제 명의를 도용해서 휴대폰을 개통했거든요. 백오십만원 정도 되는 휴대폰값에 매달 십만원 가까이 되는 데이터 무제한 요금

제, 거기다가 소액결제로 게임 아이템을 엄청 샀더라구요. 저도 게임 좋아하지만 게임에 만원 이상 써본 적이 없는데 아버님께서도 아실지 모르겠지만 아드님이 한달에도 막 삼십만원, 어떤 달은 팔십만원 넘게 결제한 적도 있고요. 물론 자기 명의의 폰이 아니니까 그랬겠죠. 그게 다 제 빚이 됐어요…… 일단 그 빚을 조금이라도 갚아놓아야 할 것 같은데, 제가 그럴 수가 없는 게 현재 여윳돈도 거의 없고……"

떨리는 목소리로 이야기하던 진화가 잠시 숨을 골랐다.

"아가씨, 얘기 다 끝났어요?"

"아…… 그게……"

남자는 진화의 대답을 기다리지 않고 자연스럽게 이야기를 이어갔다.

"내가 아가씨한테 할 말이 없어야 하는데, 우리 애가 지금 나랑 연락도 안 되고, 참. 개가 나타나야 빚을 갚고 합의를 하든 할 텐데. 나는요 아가씨, 지금 우리 어머니 여기 좋은 병원에 모시려고 집까지 판 사람이에요, 내가. 그거 때문에 내 새끼 엄마랑 이혼도 하고. 나는 내가 해요. 누구 안 시켜. 내가 효도하고, 내가 책임지는데, 내 손 떠난 자식새끼 인생까지 내가 책임져야 하나? 날 길러준 우리 어머니한테 내 몫은 다하고 있고 또 내 자식 성인 될 때까지 안 굶기고 입히고 키워놨지. 난 진짜 떳떳해. 난 내 책임을 다하고도 남았지. 난 그 새끼한테 효도 받는 거 바라지도 않아. 바라는 거 하나도 없어. 어떤 부모도 자식을 끝까지 책임질 순 없는 거 아냐. 자식이 해야지. 주고받고, 그게 순리 아닌가? 내가 내 자식한테 계속 줄 때는 지났지. 나는 우리 어머니한테 갚을 때고, 그걸 하려고 여기 있는 거고. 우리 엄마가 오늘내일하는 마당에, 내가 지금 아가씨 억울한 이야기를 들어줄 여력이 없어요. 아가씨도 이해하죠? 아가씨도 딱 보니까 착하게 생겨가지고, 내 말 이해하죠?"

진화는 고개를 끄덕였다. 기진은 교회 전단지를 조금씩 찢어서 한 손에 모아두었다. 남자의 말은 계속되었다.

"내가 집 살 때 얻은 대출 갚는 데 이십년이 걸렸어요. 자동차 공장에서 일했거든, 노조 위원장도 한 사람이야 내가. 성실하게 살았다고. 그게 당시에 일억 오천짜리 집이었어. 이십년 전에, 그때도 서울 땅에 있다 하면 뭐든 비쌌거든. 그리고 그걸 내가 삼년 전에 세금 떼고 십오억에 팔았다고. 거기서 반 딱 떼서 마누라 줬어. 이 병원이 웃긴 게 보증금을 받아요. 보증금이 이억 오천이야. 그리고 한달 병원비 간병비 다 하면 오백씩 나와. 왜 그렇게 비싼지 나도 몰라. 근데 보니까 건물이 좋고 간호사들이 노인네들한테 화를 안 내더라고. 뭐 생일파티도 해주고 행사도 많고, 우리 노인네한테 매일매일 말도 걸어주고 손도 잡아주고 마사지도 해주고 하더라고. 그런 거 하나하나 다 계산하면 그렇게 된다네. 그러면 나도 계산을 해야지.

마누라 주고 남은 칠억 오천에서 이억 오천 보증금 내면 오억이 남잖아? 근데 우리 엄마가 일년을 병원에서 버틴다고 계산하면 육천, 삼년이면 일억 팔천이야. 의사가 그래. 우리 엄마가 뇌가 까맣대. 길어야 삼개월일 거래. 근데 지금 벌써 삼년째 누워 계셔. 그럼 우리 엄마가 이대로 삼년 더 사시면, 그 돈 거의 없어지겠네? 나는 이 근처에 작은 땅뙈기 하나 사서 나 먹을 거 내가 심고 거두면서 살고 있어요. 내가 아가씨 사정이 어떤지 자세히는 모르지만 아가씨도 억울하겠지, 내 자식이 나쁜 놈이야. 걔가 그렇게 스트레스를 받더라고. 실적이 안 나온다고. 사람들이 뭐 휴대폰을 일이년씩 쓰는데 위에서 기대하는 것만큼 그렇게 많은 사람이 갑자기 휴대폰을 살 수가 있겠냐고. 아가씨, 내가 미안합니다. 내가 미안해요."

남자가 고개를 숙인 채 진화의 손을 잡고 여러번 흔들

었다. 진화는 어색한 자세로 손을 빼냈다. 기진은 주먹을 꽉 쥐었다. 잘게 찢긴 종잇조각들이 한줌도 안 되게 뭉쳐졌다. 남자의 휴대폰이 울렸다. 남자는 전화를 받으면서 진화를 향해 손을 흔들어 보이고 엘리베이터 쪽으로 걸어갔다. 진화는 남자의 뒷모습을 보고 있었다. 남자가 엘리베이터에 타고 문이 닫히기 전까지 잠시 동안 진화는 남자의 얼굴을 처음으로 똑바로 보는 것 같았다. 진화는 허리를 곧게 편 자세로 계속 닫힌 엘리베이터 문을 보고 있다가 가방에서 화장품 파우치를 꺼냈다. 진화의 손거울에서 빛이 튀었다. 진화는 천천히 화장을 고쳤다. 가방에서 여행용 티슈를 꺼낸 뒤 입술을 닦아내고 립스틱을 다시 발랐다. 한치도 입술 선을 벗어나지 않고 깨끗하게.

이제 됐어? 기진이 물었다. 되긴 뭐가 돼. 진화가 말했다. 기진은 손에 쥐고 있던 종잇조각들을 테이블에 놓았다. 그리고 흩뿌려놓은 조각들을 후후 불었다. 진화가 기진을 혐오하는 듯한 얼굴로 바라보았다.

주차장으로 가는 길에 진화가 말했다. 참외가 너무 무거워. 진화가 들고 있는 참외 봉지 주위로 초파리가 날아들었다. 기진은 차 문을 열면서 진화에게 무슨 말이든 해야 한다고 생각했다. 차에 시동을 걸고 계기판의 바늘이 내려가기를 기다리는 동안 기진은 남자가 주차장으로 걸어오는 모습을 발견했다. 남자는 주차장 끝 쪽에 세워져 있던 승용차에 탔다. 저 차, 비싼 거잖아. 새 모델 같은데. 기진이 말했다. 얼마나 비싼데? 진화가 물었다. 기진은 휴대폰으로 검색해본 가격을 진화에게 말해주었다. 출시한 지 1년도 되지 않은 차였고 남자가 말했던 현재 자기 재산의 반이 넘는 가격이었다. 남자가 차를 능숙하게 빼서 주차장을 가로질러 갔다. 기진도 주차장을 빠져나갔다. 남자의 차는 병원 진입로에서 좌회전 신호를 기다리고 있었다. 집에 돌아가려면 우회전을 해야 했지만 기진은 남자의 차 뒤에 섰다. 남자의 차에서 차창이 열리고 담배 연기가 새어 나왔다. 기진은 연기가 흩어지는 모습을 지켜보다가 남자의 차를 따라가기 시작했다.

남자는 차를 거칠게 몰았다. 좁은 이차선 도로에서 중앙선을 침범하며 과속했고, 굽은 길에서도 속도를 줄이지 않았다. 남자의 차는 시내를 지나 다른 마을로 접어들었다. 피서객이 많은 계곡의 다리를 지나 펜션이 늘어선 경사로를 따라 올라갔다. 오르막길은 산까지 이어졌고 차 한대가 겨우 올라갈 수 있는 좁은 길이 산기슭을 타고 뻗어 있었다. 기진은 망설였다. 진화는 지금까지 보인 집이

전부 유럽식으로 지은 펜션이었으니 저 남자도 산속에 좋은 집을 지어두고 있을 게 분명하다고 말했다. 그것으로 남자가 한 말이 거짓임을 증명할 수 있을 거라고, 그러면 자기가 유리해지는 거라고도 말했다. 기진은 어떤 경우라도 진화가 유리해질 수는 없을 거라고 생각했지만 차를 돌릴 수 없었다.

그들은 소나무 숲과 가족묘인 듯 보이는 무덤 여러개를 지났다. 축축하고 미끄러운 길이 끝나자 잔디가 무성하고 주변이 넓게 트인 산 중턱이 나타났다. 시야에 나무가 사라지고 빛이 들어왔다. 검은 비닐하우스 한채를 밑동만 남은 나무들이 둘러싸고 있었다. 그들은 비닐하우스 옆에 세워진 남자의 차를 발견했다.

기진은 내려가는 방향으로 차머리를 돌려서 주차하느라 여러번 핸들을 감았다 풀고 전진과 후진을 반복했다. 어느새 남자가 비닐하우스에서 나와 그들을 지켜보고 있었다. 차바퀴가 헛돌았다. 남자가 차창을 두드렸다. 아가씨 나와봐. 기진이 진화를 쳐다봤다. 진화는 이미 안전벨트를 풀고 흰 원피스를 털어내고 있었다. 기진이 차키를 두고 내렸다. 운전석에 앉은 남자는 능숙하게 차를 돌려서 자기 차 옆에 주차했다.

시동을 끄고 차에서 내린 남자가 지켜보고 있던 기진에게 다가와서 말했다. 좁은 데서 차를 돌릴 때는 핸들을 차가 가려는 방향으로 끝까지 감는 거야. 그다음에 후진하고 다시 반대쪽으로 끝까지 풀어서 전진해가면서 조절하는 거야. 오케이? 남자는 차키가 달린 열쇠고리를 엄지손가락에 건 채 허공에 대고 핸들을 감는 시늉을 하면서 크게 원을 그려 보였다. 열쇠고리가 남자의 손에서 쇳소리를 내며 헛돌았다. 기진은 열쇠가 그대로 날아갈까봐 남자의 손에서 눈을 떼지 못했다. 남자가 기진에게 열쇠를 던지려는 듯 폼을 잡았다. 기진이 잡으려고 손을 뻗자 남자가 웃었다.

진화는 참외 봉지를 두 손으로 받쳐 들고 그 속을 들여다보고 있었다. 남자가 진화와 기진을 훑어보며 말했다. 근데, 여기가 내 집인데, 나 사는 꼴이 궁금해서 따라왔어? 남자가 검은 비닐하우스를 눈짓으로 가리켰다. 진화가 참외 봉지를 내밀며 말했다.

"이거 아까 드리려고 했는데 못 드렸어요."

"그래? 그럼 여기까지 온 김에 참외나 먹고 가요."

남자가 참외 봉지를 가볍게 받아들고 검은 비닐하우스 안으로 들어갔다.

비닐하우스 안으로 들어서자 단단한 벽에 부딪힌 것처럼 냄새가 선명하게 느껴졌다. 눅눅한 먼지와 합성목재의 냄새에 오랫동안 많은 것이 섞여 들어가 단단하고 끈끈한 입자가 되어 벽과 바닥에 달라붙어 있는 것 같았다. 햇볕을 받지 못해 모든 것이 축축하게, 은밀히 부패해가고 있는 듯했다. 위를 향해 비스듬히 열린 창문으로 햇빛이 조금씩 들어왔지만 시야를 밝혀줄 만큼 충분하지는 않았다. 진화는 희미한 빛 속에서 비닐하우스 안을 유심히 살폈다.

비닐하우스 안은 밖에서 보던 것보다 넓었다. 컨테이너 하나가 통째로 들어가 있었는데, 그러고도 자리가 남았다. 반대쪽 끝의 출입문 옆에는 실내용 미니 골프대가 놓여 있었다. 골프채 하나가 공이 들어가야 할 구멍에 깃대처럼 꽂혀 있었다. 컨테이너 밖으로 빨래 건조대, 세탁기, 플라스틱 간이 테이블과 의자, 공구상자 등이 산만히 늘어서 있었다. 열린 컨테이너 문 안쪽으로 개키지 않은 이불이 보였다. 벽에는 달마도가 걸려 있었다. 그림의 먹색 선들이 언뜻 보면 벽에 붙은 벌레 같았다.

남자는 컨테이너로 곧장 들어갔다. 진화와 기진은 밖에 서 있었다. 안에 싱크대가 있는 듯했다. 물이 쏟아지는 소리가 짧게 들리더니 남자가 쟁반에 참외와 과도를 담아 컨테이너 밖으로 나왔다. 그리고 간이 테이블에 쟁반을 내려놓고 진화와 기진을 불렀다. 그들은 테이블에 남자와 마주 보고 앉았다. 흙바닥에서 의자가 불안하게 뒤뚱거렸다.

남자는 참외를 깎아 길게 썰었다. 포크가 없다며 젓가락을 하나씩 집어가라고 말했다. 젓가락도 여분이 없어서…… 남자는 손으로 참외를 집었다. 진화와 기진은 젓가락 하나로 참외를 찍어서 불편하게 먹기 시작했다. 내가 이렇게 살아요. 남자가 말하며 손으로 참외씨가 박힌 속을 긁어냈다. 포크도 없고, 뭐 있는 게 없지. 어, 참외가 참 달다. 남자는 미지근한 참외를 잘 먹었다.

"원래 여기가 버섯 농장이었거든. 내가 잘 아는 분의 형님이 은퇴자금 투자해서 시작한 건데, 뭐가 잘 안됐는지 자살을 하셔가지고 내가 싸게 넘겨받았어."

"얼마에요?"

진화가 물었다.

"뭐, 얼만지 알면 세금 떼게? 이 근처가 최근에 펜션 같은 게 생기면서 땅값이 좀 오르긴 했는데, 이쪽은 주거지로 받은 땅이 아니라서 비싸지가 않아요. 특수 임지거든, 엄밀히 따지면."

"그럼 거주하면 불법이에요?"

"뭐, 굳이 따지자면 그렇지."

"아드님이랑 연락은 언제부터 안 되셨어요?"

"애 엄마랑 이혼하고부터는 거의 못했지. 내 엄마 챙기려다가 내 가정이 깨지다니, 참 인생이 그래. 아이러니지."

진화는 고개를 끄덕이며 남자의 말을 듣고 있었다. 기진은 말없이 참외를 먹었고 배가 아파졌다. 남자가 화장실은 주차장 반대쪽에 있다고 했다. 해가 들지 않는 마당에 나무판자나 밑동만 남은 나무, 썩은 나뭇가지들이 어지럽게 널려 있어서 발이 걸려 넘어지지 않게 조심해야 했다. 옥외 화장실은 다행히 재래식이 아니었다.

화장실에서 기진은 새로 올라온 고양이 영상을 봤다. 유튜버는 고양이 목에 나 있던 상처가 아문 자리를 클로즈업 해서 보여주었다. 그러면서 목에 이렇게 깊은 상처를 낸 것은 살인미수다,라고 말했다. 엄밀히 말하면 살인은 아니지. 기진은 중얼거렸다. 혹시 유튜버가 이 고양이한테 상처를 내고 구조하는 영상을 찍어 유튜버가 된 것은 아닌가 잠시 생각했다. 그날따라 고양이가 유튜버의 품 안에서 계속 울었다. 새끼 고양이가 우는 소리를 듣고 있으니 초조해졌다. 기진은 늘 고양이를 키우고 싶어 했지만 매번 마지막 순간에 결정을 미뤘다. 기진은 집으로 돌아가고 싶었다. 집에 가면 이번에는 꼭 유기묘 보호소에 가서 가장 가까운 날에 안락사가 예정되어 있는 아이를 데려오자. 기진은 생각했다. 이번에는 꼭.

다시 비닐하우스 안으로 들어갔을 때 테이블에는 아무도 없었다. 진화도 남자도 보이지 않았고 접시에 참외만 두조각 남아 있었다. 컨테이너 문이 아까와 달리 닫혀 있었다. 기진은 그 문을 열어보고 싶지 않았다. 그대로 이 어둡고 습하고 냄새나는 비닐하우스에서 나가고 싶었다. 기진은 잠시 망설이다 문을 열었다. 먹으로 찍은 달마의 눈동자가 우주로 향하는 구멍처럼 보였다. 기진의 집에도 금박 액자에 든 달마도가 있었다. 아빠가 어디선가 비싸게 주고 사 온 것이었다. 아빠는 그 그림을 현관에 들어서면 바로 보이는 곳에 놓았다. 그래야 집 안에 들어오는 액운을 막는다고 했다. 달마는 언제부턴가 보이지 않았다. 기진은 엄마가 버렸을 것이라고 짐작했다. 엄마는 못생긴 것들을 참을 수 없어 했다. 사람이든, 사물이든, 그림이든.

달마를 버렸기 때문에 부모님이 돌아가신 걸까? 남자의 달마는 남자를 지켜줄까? 기진은 문을 열 때부터 그럴 리 없다는 것을 알고 있었다. 남자는 바닥에 모로 쓰러져 있었다. 몸이 둥글게 말려 있고 손은 다리 사이에 끼여 있어서 마치 보이지 않는 줄에 포박당한 것처럼 보였다. 드러난 팔다리에는 아무런 상처도 없었고 피도 흐르지 않았지만 기진은 남자가 죽었다는 것을 바로 알았다.

기진이 컨테이너 문 앞에서 굳어 있는 사이 진화가 뒤에서 다가왔다. 협심증, 심근경색, 뇌경색, 뭐 그런 건가봐? 진화는 골프채를 들고 있었다.

"참외 더 가져오겠다고 들어가더니 너무 오래 안 나오길래 골프대 가서 공 좀 치고 있었어. 공이 하나 멀리 굴러가서 주우러 나갔다 왔더니 이게 무슨 일이래. 우리 아빠가 옛날에 사업했던 거 알지? 엄청 높은 빌딩에 사무실 있었어. 무슨 섬유 수입 그런 거였는데, IMF 때 망했지만. 사장실에 가죽소파랑 저런 미니 골프대가 있었는데 어릴 때 자주 가지고 놀았거든. 아빠가 나보고 골프 하라고 했는데. 열번 치면 진짜 아홉번은 들어갔어. 지금 하니까 예전만 못하다."

기진은 혼자 말하고 있는 진화를 바라봤다. 진화는 기진을 보지 않고 줄곧 남자를 보고 있었다. 진화가 골프채를 들고 남자에게 다가갔다. 폼을 잡더니 남자의 머리를 가볍게 쳤다. 스윙이 크지도 않았는데 푹, 하고 무언가 꺼지는 듯한 둔탁한 소리가 났다. 피는 튀지 않았다. 한번,

쳐보고 싶었어. 진화가 말했다.

진화가 남자를 훌쩍 건너뛰어서 싱크대로 가 손과 골프채를 씻었다. 진화의 머리카락은 흐트러짐이 없었고 흰 원피스에도 얼룩 하나 묻어 있지 않았다. 물이 싱크대에 떨어지는 소리가 그치고 고인 물이 까마득한 아래로 빨려 들어가는 소리가 한동안 울렸다. 그리고 잠시 깊은 물 속에 들어온 것처럼 주위가 조용했다. 진화가 물이 뚝뚝 떨어지는 골프채를 들고 남자의 머리맡에 섰다. 파리한 형광등빛 아래서도 진화는 여전히 아름다웠다.

"근데 쓰러진 폼이 꼭 자위하려던 거 같지 않아?"

진화가 말했다.

*

경찰은 부모님의 시체가 찌그러진 자동차 안에서 꺼내질 때 어쩔 수 없이 약간의 훼손이 생겼다고 했다. 기진은 진화와 함께 병원의 영안실로 갔다. 자주 싸우고, 그보다 더 자주 서로를 무시하면서 살던 부모님이 같은 날 함께 죽었다는 사실이 기이하게 느껴졌다. 기진의 곁에서 진화도 두개골이 패고 눈이 꺼진 기진 부모님의 시신을 봤다.

그런 장면을 봐버려서 오늘 진화가 이렇게 된 것이 아닌가, 기진은 생각했다. 기진은 처음부터 진화에게 영안실까지 따라올 필요가 없다고 말해야 했다. 그때 진화는 기진에게 있어 모든 것을 나누어도 괜찮은 사람이었다. 그런 게 있을 리 없다는 걸 진작 알았어야 했다.

여기 봐봐. 진화가 남자의 콧구멍을 가리켰다. 너무 지저분해. 기진이 허리를 숙여서 피딱지가 앉은 남자의 콧구멍을 들여다보는 동안 진화는 얼굴에 달라붙은 머리카락을 떼어내며 말했다. 묻어야 될 것 같아. 진화가 남자를 건너서 다가왔다. 우리가 왜? 우리가 죽인 것도 아닌데. 기진이 말했다. 멍청하게 굴지 마. 이미 우리는 시체를 훼손한 거야. 진화가 말했다. 우리가 아니라 네가 한 거지. 기진이 말했다. 진화는 잠시 말없이 기진을 쳐다봤다. 내가 억울한 빚이 생겼다고 했을 때 너는 단 한번도 나를 도와주겠다고 안 했어. 너 어딘가 잘못된 거 아냐?

*

비닐하우스 주변에는 버려진 나무판자가 많았다. 대부분은 썩어가는 중이었다. 몇몇 판자 위에 본 적 없는 버섯

들이 자라고 있었다. 진화가 휴대폰으로 불빛을 비췄고 기진이 손으로 만져가면서 튼튼한 판자를 골라 들었다. 진화와 기진은 번갈아 가며 땅을 파기 시작했다. 커다란 날벌레들이 휴대폰 불빛으로 날아들었다. 기진과 진화는 벌레들이 그들을 향해 달려들 때마다 짤막한 비명을 질렀고 달라붙는 벌레들을 서로 쫓아주었다. 구멍은 깊고 좁았다. 그들은 구멍에 남자를 넣고 묻었다. 진화는 가방에서 담배를 꺼냈다. 언제부터 피웠어? 기진이 물었다. 얼마 안 됐어. 진화는 한번에 불을 붙이지 못했다. 라이터에서 빛이 튀어오를 때마다 얇고 짧은 열기가 기진에게도 느껴졌다. 달다. 진화가 연기를 뱉으며 말했다. 이제 갈까? 진화가 가방에 담뱃갑을 집어넣고 주머니에서 기진의 차키를 꺼냈다. 기진이 화장실에 갈 때 바닥에 떨어뜨린 것을 주웠다고 했다. 기진은 아무것도 묻지 않고 열쇠를 받았다. 진화의 손은 차가웠다. 그들은 아무런 어려움 없이 농장에서 빠져나왔다.

윤소정

정이 5년 만에 나타나 윤과 소를 집으로 초대했을 때,
윤은 코끝을 쏘는 나프탈렌 냄새로 정의 집을 기억했다.
정의 집 옷장과 화장실에 몇개씩 놓여 있던 곰팡이 방지
제 냄새였다. 정의 어머니는 수도권 신도시의 소규모 단
지 아파트에서 정을 혼자 키웠다. 윤과 소가 늦은 저녁까
지 정의 집에서 놀던 날이면, 정의 어머니는 일을 마치고
돌아와 거실에서 텔레비전을 보고 있던 아이들에게 저녁
을 먹었냐고 물어보고는 청소기를 돌렸다. 어떤 날에는
거기 있는 아이들을 보지 못한 듯 말없이 청소기부터 켤
때도 있었다.

소는 정의 집에 있던 러시아 도자기 인형이 떠올랐다
고 했다. 텔레비전이 놓인 거실 선반엔 섬세하게 채색된
마트료시카가 화병처럼 큰 것에서부터 새끼손가락만 한

작은 것까지 일렬로 놓여 있었다. 모두 똑같이 생겼지만 어쩐지 큰 인형은 엄마, 가장 작은 인형은 막내딸처럼 보였다. 그들은 막내부터 시작해 하나씩 옆에 있는 인형 안에 넣어가며 놀았고, 그러다가 마지막에는 인형을 전부 다시 내놓아야 했다. 엄마가 큰애 안에 작은애들이 들어 있는 걸 싫어해. 정이 말했다. 다들 숨 쉬게 꺼내줘야 해.

윤은 소와 정을 열두살 겨울, 대형 입시학원의 버스에서 처음 만났다. 셋이 살던 동네가 학원 버스의 마지막 운행지였다. 주위가 조용해져서 둘러보면 32인승 버스 안에 셋뿐이었다. 셋은 침묵과 어둠과 갑자기 켜진 기독교방송 라디오 소리를 견디려고 서로 이야기하기 시작했다. 셋은 버스의 맨 뒷자리에 나란히 앉아 졸면서, 음악을 들으면서 중학생이 되고 고등학생이 되었다. 시험이 끝난 날에는 학원에 가지 않고 떡볶이를 사 먹은 뒤 동네 공원을 함께 걸었다. 입시를 끝내고 대학에 가면 자유로워질 거라는 선생들의 말을 그들은 믿지 않았다.

서울로 대학을 다니는 동안에도 셋은 평범한 학점을 받는 것이 얼마나 어려운지 이야기하며 함께 밤의 공원을 걸었다. 졸업 후에는 정이 가장 먼저 지방 공공기관에 연구직으로 취직했고, 뒤이어 윤이 대기업 계열사에 들어갔다. 1년간 어학연수를 다녀온 소가 가장 늦게 광고대행사 마케팅부로 들어갔다. 그들은 가을마다 함께 해외로 휴가를 떠났다. 주말에 제주도나 일본, 대만을 다녀오기도 했다. 애인이 있을 때도 셋이 가는 휴가는 빠지지 않았다. 셋은 서른이 되는 해를 특별하게 맞기로 했다. 예산을 넉넉하게 잡고 좋은 호텔에서, 좋은 음식만 먹으면서 서남부 유럽을 돌다 올 계획이었다. 항상 그랬듯 정이 예산을 맡았다. 그들은 스물여덟살이 되던 해부터 매달 20만원씩 꼬박 24개월간 정의 통장에 돈을 모았다. 비행기표 예매와 숙소 예약으로 얼마의 금액이 빠지긴 했지만, 여행을 떠나기 한달 전, 그 통장에는 천만원이 훨씬 넘는 돈이 있었다.

그 돈은 사라졌다. 정은 자기도 왜 그 남자의 말을 믿었는지 모르겠다고 했다. 남자의 발음, 억양에는 조금의 떨림도, 이상한 점도 없었다. 차분하고 매력적인 목소리였다. 전화 속의 남자는 자신을 검찰청 금융사기 전담반의 사무관이라고 소개했다. 남자는 정의 이름과 주민등록번호를 알고 있었다. 그는 정에게 정의 계좌가 현재 압수 직전에 있으며 본인 명의 계좌가 맞는지 확인이 필요하다고 자기가 알려준 사이트로 접속해보라고 했다. 사이트 주소에는 정부 기관 도메인이 포함되어 있었다. 홈페이지에서 계좌를 조회해보니 대포통장으로 신고가 들어와 압수 절차 준비 중이라는 결과가 나왔다. 정은 계좌에 든 돈을 전부 남자가 알려준 계좌로 이체했다. 남자는 그 계좌가 정의 이름으로 만든 임시계좌라고 했고 정밖에는 돈을 꺼낼 수 없다고 했다. 예금주 이름도 정말 정의 이름이었다. 돈을 이체하고 나서야, 뭔가 이상하다는 생각이 들었다고 정은 말했다.

정은 경찰서를 다녀오고 보이스피싱 피해자 모임에 가입해 집단소송에도 참여했지만, 돈을 찾지 못했다. 비행기표와 숙소를 취소하면서 수수료도 꽤 많이 물었다. 여행을 떠나기로 했던 날은 크리스마스이브였다. 그날 저녁 셋은 오랜만에 함께 공원을 걸었다. 거리의 모든 음식점과 카페가 사람들로 가득 차 있었지만 공원은 한적했다. 이상할 정도로 춥지 않은 겨울이었다. 가늘고 뾰족한 나뭇가지들이 하늘을 깊게 찔러보지도 못하고 말라갔다. 정은 말없이 땅만 보고 걸었다. 정을 가운데 두고 윤과 소가 나란히 걸었다.

"그 돈 없다고 큰일 나는 거 아니잖아."

윤은 정에게 말했다.

"여행 못 간다고 안 죽어. 우린 괜찮아."

그 '우리'에 정은 포함되지 않는다는 것을 그때 윤은 알지 못했다. 소는 정에게 네 잘못이 아니란 말을 반복했다. 이들의 말은 정에게 별 도움이 되는 것 같지 않았다. 정이 처음 한 말은 내가 정말 미친년이야,였다.

"내가 모자라서 그래. 내가, 내가 아니었으면 좋겠어."

왜 그런 말을 하느냐고 윤과 소가 달래봤지만 정은 고개를 젓고 같은 말을 반복했다. 내가 괜히 나서서 피해만 끼쳤어. 내가 미친년이야. 윤이 다소 짜증 난 어투로 우리는 괜찮으니까 너나 잘 추스르라고 말할 때도, 정은 대꾸 없이 고개만 저었다. 공원에는 넓고 둥근 잔디밭이 있었는데 셋은 자정이 넘을 때까지 그 주위를 뱅뱅 돌다 집으로 돌아갔다. 그런데 왜 우린 한번도 잔디밭에 안 들어가지? 잔디밭을 돌아 나오는 길에 소가 물었다. 아무도 대답하지 않았다.

셋은 그 이후로 함께 여행을 가지 않았다. 정은 지방에서 잘 올라오지 않았고, 오더라도 윤과 소에게 연락하지 않았다. 간간이 문자로 주고받던 소식마저 완전히 끊겼다. 윤과 소는 정에게 시간이 필요할 것이라고 생각했다. 정과 아무 연락 없이 5년이 지나는 동안 윤은 저축을 약간

늘리고 주식을 시작했고, 소는 코에 필러를 넣었고 어떤 남자를 소개 받았다고 하더니 만난 지 1년도 지나지 않아 결혼했다. 신혼집은 소가 살던 집 근처 아파트에 얻었다. 소의 남편은 신도시 근교 혁신산업단지에서 일하고 있었고 소와 마찬가지로 그 도시를 벗어나 다른 곳에서 살아 본 적이 없었다. 소는 정에게 청첩장을 보냈지만, 정은 소의 계좌로 부조만 하고 결혼식에 오지 않았다. 신혼여행에서 돌아온 소는 윤에게 정이 부담스러울 만큼 많은 금액을 보냈다고 전했다.

*

윤과 소가 정의 집에 가기로 한 날 저녁부터 눈이 쏟아졌다. 정의 집은 다소 가파른 오르막길에 자리한 아파트 단지의 가장 뒤쪽이었다. 오르막길에 눈이 쌓이기 시작했다. 소는 내려갈 일이 걱정이라고 말하며 머리에 쌓인 눈을 털어냈다. 윤은 레드향 한 박스를 들고 말없이 걸었다. 낮에 항상 비어 있던 정의 집은 윤과 소의 집이기도 했다. 정의 어머니가 출장을 가면, 학원을 마친 셋은 정의 집으로 가서 같이 잤다. 정의 집에는 부엌 크기에 맞지 않게 터무니없이 커 보이는 6인용 식탁이 있었다. 셋은 그 식탁에서 라면을 끓여 먹었고 정의 어머니 방 욕실의 작은 욕조에서 함께 목욕했다. 윤은 그 집에 있던 서재를 좋아했다. 대부분의 책에는 한글보다 영어나 숫자가 많았지만, 서가 한 귀퉁이에 양귀자나 은희경의 소설이 꽂혀 있었다. 윤은 소와 정이 잠들길 기다렸다 서재로 가『모순』이나『마이너리그』같은 소설을 읽었다. 왜 우리 집에는 서재가 없을까, 왜 우리 엄마는 책을 읽지 않을까. 서재에 들어갈 때마다 윤은 생각했다. 윤은 정의 집 호수까지 기억이 또렷이 났는데 소는 주위를 둘러보면서 자꾸만 여기가 아닌 것 같다고 했다. 자기 기억에 정이 살던 아파트는 이렇게 외진 곳에 있지 않았던 것 같고, 더 큰길에 가까웠던 것 같다고.

그들은 문 앞에 도착했다. 초인종을 누르고 문이 열리기 전까지 아주 잠시, 윤은 전혀 모르는 얼굴을 마주하게 될까봐 두려웠다. 윤의 예감은 반쯤 맞고 반쯤 틀렸다. 문이 열리고 나타난 정은 어딘가 달라진 얼굴로 그들을 맞았다. 그들이 기억하는 정은 항상 안경을 쓰고 머리는 짧게 유지했었다. 문을 연 정은 웃는 얼굴에 윤기가 돌았고, 굵게 웨이브 진 머리를 늘어트린 채 입술에 버건디색 립스틱을 깔끔하게 바르고 있었다. 어서 와. 정이 말했다. 정이 너무 환하게 웃고 있어서 윤은 미묘한 배신감마저 들었다.

정의 집은 거의 변하지 않았다. 거실의 브라운관 텔레비전이 얇은 평면 스크린으로 바뀐 것을 제외하면, 길이 든 가죽소파와 나무무늬 장판, 희미한 꽃무늬가 있던 벽지, 부엌의 절반을 넘게 차지하는 6인용 식탁까지 예전과 똑같았다. 변하지 않아서 오히려 기이한 느낌이 들었다. 현관에서 마주 보이는 안방 문이 닫혀 있었다. 어머니는 안 계셔? 윤이 물었는데 정은 못 들은 것 같았다. 정은 윤과 소를 거실 소파로 안내했다. 윤이 레드향 박스를 소파 앞 협탁에 내려놓았다. 같이 샀어. 윤이 말했다. 고마워, 정은 또 활짝 웃었다. 별로 준비한 것도 없는데. 정은 윤과 소에게 잠깐 앉아 있으라고 말하고 다시 부엌으로 갔다.

소와 윤은 거실 소파에 앉아서 텔레비전 화면에 비친 자신들의 모습을 멀뚱히 보고 있었다. 윤은 문득 셋이 서로 무릎이 닿을 만큼 가까이 앉아 처음으로 여자의 나체가 나오는 영화를 봤던 날이 생각났다. 화면 속 남자가 여자의 스타킹을 찢었다. 남자의 손이 여자의 다리를 타고 올라갔다. 남자의 손이 여자의 팬티 안으로 들어가기 전에, 정은 화장실에 갔고 영화가 끝날 때까지 나오지 않았다. 그 기억 때문인지, 정이 자신의 연애 이야기를 한 적이 없기 때문인지, 처음으로 남자친구와 밤을 보낸 날 윤은 그 쾌감도 불쾌감도 아닌 생경한 감각, 낯선 생물과 처음으로 접촉한 것 같은 느낌을 소에게만 털어놓았다.

소가 리모컨을 찾아서 텔레비전을 켰다. 골프 채널이 나왔다. 웬 골프? 소가 중얼거리고 채널을 돌렸다. 스포츠 채널을 지나고 나니 여행 채널이었다. 셋이 한때 여행을 계획할 때 자주 보던 프로그램 재방송이 나오고 있었다. 태국의 한 휴양지 풍경이었다.

"저기 우리 갔던 데 아냐?"

소가 물었다. 윤이 잠시 생각해보다 되물었다.

"우리가 태국을 언제 갔었더라?"

"왜, 나 캐나다 가기 전에, 추운 데 간다고 너네가 더운 데로 갔다 오자고."

정이 그들을 불렀다. 둘은 텔레비전을 그대로 켜둔 채 자리에서 일어났다. 식탁에는 스테이크와 구운 아스파라거스와 방울토마토가 정갈하게 담긴 흰 도자기 접시가 올려져 있었고 홀그레인소스와 그레이비소스가 작은 그릇에 따로 담겨 있었다. 윤과 소가 나란히 앉았고 정은 맞은편 자리에 앉다가 아, 와인, 하고 중얼거리며 다시 일어섰다. 정이 부엌에 달린 다용도실로 들어가 와인 한병을 가지고 나왔고, 식탁 서랍에서 와인 오프너를 꺼내 코르크 마개에 능숙하게 찔러 넣었다. 오프너 손잡이를 당기자 코르크 마개가 천천히 들어올려졌다. 윤은 왠지 코르크가 빠져나오는 그 짧은 시간을 견디기 어려웠다. 식탁이 너무 넓었기 때문에 정은 윤과 소의 자리 옆으로 와서 와인을 따라주었다. 정의 긴 머리카락이 윤과 소의 어깨에 스쳤다. 정에게서 짙고 달콤한 향이 났다. 정이 자리로 돌아와 자기 잔에도 와인을 따랐다. 정이 잔을 들어올리자 윤과 소도 잔을 올렸다. 맛있게 먹자. 정의 목소리가 높게 울렸다. 셋은 잔을 부딪쳤다.

그들은 태국 여행 이야기를 하면서 와인을 두잔씩 비웠고 스테이크를 반 넘게 먹었다. 그때, 우리 리조트 파티에서 만나서 같이 수영하고 놀았던 호주애들 매너 좋았는데. 소가 말했다. 윤은 그중 한 남자애의 날개뼈 근처에 거의 주먹만 한 사마귀가 있었다는 게 기억났다. 그게 정말 사마귀인지, 더 무서운, 불길한 징조는 아닌지 궁금했었다. 묵묵히 소의 말을 듣고 있던 정이 '새의 섬'에 갔던 날을 기억하느냐고 물었다. 윤은 그악스러웠던 새의 울음소리를 떠올리며 고개를 끄덕였다. 그들이 갔던 휴양지 근처에 새의 섬이라고 불리는 작은 섬이 있었다. 리조트에서 투어를 신청할 수 있어서 투숙객 몇몇과 함께 배를 타고 다녀왔다. 거기서 깃털 귀걸이 같이 산 거 기억나? 그거 색 빠지더라. 소의 말에 윤이 답했다. 난 잃어버렸어.

"나 그때, 정말 큰 새를 봤어."

정이 와인을 한모금 더 마시며 말했다.

"너무 커서 비현실적인 그런 거 알아? 그 새가 저 멀리서 날아와 내 앞 나무에 앉았는데, 나를 빤히 바라보는 거야. 계속, 나를 알고 있는 것처럼, 감시하는 것처럼. 고개한번 안 까딱이고 나를 계속 보는데 왠지 무서운 거 있지."

"아, 나도 가끔 새 무서워. 비둘기 눈 너무 징그럽지 않아?"

소의 말에 윤은 말없이 고개를 끄덕여주었다. 정은 소도 윤도 아닌 둘 사이의 어딘가를 집요하게 바라보고 있었다.

"그후로, 가끔 그 새가 나오는 꿈을 꿔."

윤은 대꾸할 말을 찾지 못했고, 소는 휴대폰을 확인하고 있었다. 잠시 침묵이 고였다. 직장까지 정리하고 온 거야? 윤이 침묵을 잘라내듯 물었다.

정이 5년 만에 전화를 걸어 우리 집으로 저녁 먹으러

올래?라고 물었을 때, 윤은 점심시간에 혼자 샐러드를 사 먹고 회사로 돌아가는 길이었다. 우리 집? 윤이 되묻자 정은 응, 우리 집,이라고 말했다. 나 자취방 정리했어. 우리 집으로 다시 들어가려고. 윤은 그때 자세한 사정을 묻지 못했다.

"그 안정적인 일자리를 왜?"

소가 포크로 방울토마토를 찍으면서 물었다. 토마토 즙이 푹 튀었다. 정은 다시 와인잔을 입에 가져가며 웃었다.

"엄마가 조금 안 좋으셔."

윤이 자기도 모르게 정의 어머니 방 쪽으로 고개를 돌렸다. 어디가 안 좋으신데? 소가 물었을 때 현관문이 열렸다.

트레이닝복을 입은 남자가 흰 약봉지를 들고 들어왔다. 정이 자리에서 일어나 남자에게 다가갔다. 타 왔어? 정이 물었고 남자는 고개를 끄덕였다. 남자는 신발을 벗고 약봉지를 소파에 던지듯 내려놓았다. 정이 남자에게 얼굴을 가까이 대고 무언가 속삭이듯 말했다. 그리고 남자와 함께 식탁으로 다가왔다. 내 남자친구야. 여기 내 제일 친한 친구들. 남자는 소와 윤에게 고개를 숙여 보이고 거실로 돌아갔다. 남자는 익숙한 듯 소파에 앉아서 채널을 골프 중계로 돌렸다. 남자친구 여기 살아? 소의 물음에 정은 고개를 끄덕였다.

"의지할 사람이 필요해서."

윤은 남자를 뒤돌아봤다. 남자는 소파에 눕다시피 기대
고 있었고 그들이 있다는 것을 전혀 의식하지 않는 듯 편
안해 보였다. 약은 어머니 약? 윤이 물었다. 응, 남자친구
가 어머니한테 잘해. 정이 말했다. 어떻게 안 좋으신데?
소가 다시 물었다. 정은 와인잔을 돌리며 고개를 저었다.
많이 안 좋으셔. 어디가? 소가 말을 다시 꺼낼 때 남자가
소파에서 일어났다. 남자의 조심성 없는 발소리가 울렸
다. 남자가 거실에서 바로 어머니 방으로 들어갔다. 텔레
비전에서 골프 중계 소리가 크게 새어 나왔다. 바람이 심
하게 부네요, 변수가 되겠어요. 방문이 닫히는 소리가 나
고 얼마 지나지 않아 둔탁한 소리가 들리기 시작했다. 이
불을 잔뜩 깔아놓은 곳에 무거운 물건이 떨어지는 것 같
은 소리, 그리고 가는 비명 소리. 하으으, 하는 듯한, 잘 들
으면 울음 같기도 하고 신음 같기도 한 소리가.

윤은 소를 봤다. 소도 같은 소리를 들었을까? 소는 식탁
밑으로 휴대폰을 만지고 있었다. 남편하고 대화 중인 듯
했다. 소리는 계속되었다. 무슨 소리야? 윤이 정에게 물었
다. 무슨 소리? 소가 여전히 휴대폰을 하면서 되물었다. 우

리 엄마, 치매야. 약 때 되면 항상 전쟁이야. 정이 말했다. 방문 너머에서 한동안 무언가 뒤척이고, 부딪히고, 또 아주 가는 울음 같은 소리가 지속되었다. 그리고 갑자기 조용해졌다. 골프 중계가 큰 소리로 이어지고 있었다. 깔끔하게 뻗어 나갑니다. 곧 방문이 열리고 닫혔다. 남자의 조심성 없는 발소리가 가까워졌다. 남자는 부엌으로 와서 윤과 소가 앉은 자리를 지나 냉장고를 열고 맥주를 꺼내 갔다. 남자가 다가올 때 들큼한 알코올 냄새가 났다고 윤은 생각했다. 윤은 남자 쪽을 쳐다보지 않았지만 오래된 소파의 스프링이 맥없이 눌리는 소리, 구겨지는 가죽 소리, 그리고 곧 맥주캔을 따고 맥주를 목에 넘기는 소리가 적나라하게 들렸다. 소는 주위에 관심이 없어 보였고 윤은 고집스럽게 정의 얼굴을 보고 있었다. 정의 말이 많아졌다.

"연구소 선배 소개로 만났어. 그 근처에 왜 군부대 하나 있잖아. 직업군인이야. 지금은 훈련 중에 무릎을 다쳐서 쉬고 있고. 자취방 정리할 때도 오빠가 많이 도와줬어. 우리 엄마 깔끔한 성격 아직 남아 있거든. 남의 손 타는 거 너무 싫어하는데, 오빠는 괜찮아해서. 오빠네 어머니가 일찍 돌아가셔서 그런지 오빠도 우리 엄마 너무 좋아하고…… 치매는 진행된 지 좀 오래됐어. 내가 그동안 정신

이 없었어. 왔다 갔다 하면서 엄마 돌보느라. 너네한테 연
락도 못했어. 무슨 말을 어떻게 해야 할지 모르겠더라. 처
음엔 괜찮았어. 엄마도 약 잘 챙겨먹고, 이삼년은 일도 다
니셨어. 최근 들어 갑자기 나빠졌어. 오빠 아니었으면 어
떻게 견뎠을지 모르겠어……"

식사를 마무리하고 와인 한병을 다 비우는 동안 정은
내내 남자에 대해 말했다. 와인 한병을 더 따려는 정을 윤
과 소가 말렸고 그들은 아홉시가 되기 전에 정의 집을 나
왔다. 정과 남자가 나란히 서서 그들을 배웅했다. 소의 남
편이 아파트 출입구 앞에서 기다리고 있었다. 소는 남편
과 팔짱을 끼고 걸어가기 시작했고, 윤은 그들과 멀찍이
서 눈이 쌓인 길을 천천히 내려왔다.

그날 저녁, 정이 5년 전 일에 대해서 한마디도 하지 않
았기 때문에, 다음 날 통장에 정의 이름으로 5백만원이 입
금된 것을 보고 윤은 잠시 어리둥절했다. 돈이 입금된 시
간은 새벽이었다. 느지막이 일어난 윤이 은행앱의 알림을
보고 소에게 전화했다. 소는 윤보다 먼저 돈을 확인했고
바로 정에게 전화를 해봤지만 받지 않았다고 말했다.

"난 좀 기분이 그래."

소가 말했다.

"우리가 돈 달라고 한 것도 아니고, 그 일에 대해 그후로 뭐라고 한마디도 안 했는데 얘 왜 이래?"

"뭔가 이상했어."

윤이 말했다.

"어제 그 남자친구라는 사람, 어머니 방에 들어갔을 때 비명 소리 같은 거 났잖아. 너도 들었지?"

"무슨 소리?"

"정말 못 들었다고?"

윤의 목소리가 높아졌다.

"그걸 어떻게 못 들어? 잘 생각해봐. 이상한 거 못 느꼈어?"

"비명이 났으면 내가 들었겠지."

윤은 소와 전화를 끊고 정에게 전화를 걸었다. 소의 말대로 정은 전화를 받지 않았다. 윤은 정에게 메시지를 남겼지만 주말이 끝날 때까지 정은 메시지를 읽지도 않았다.

처음에 소는 별일 아닐 거라고 말했다. 또 잠수 탄 것일지도 모른다고, 이제 돈 줬으니까 볼일 끝났다는 거 아니냐고. 이전에는 한마디도 안 하더니 갑자기 남자를 소개시켜주고, 어머니 치매도 그런 중요한 일을 왜 우리한테 말 못했던 건데? 속 얘기를 안 하니까, 우리만 눈치 없는 사람 만들잖아. 하지만 일주일이 지나도록 정에게서 연락이 없자 윤과 소는 불안해졌다.

금요일 저녁 일을 마친 윤은 정의 집으로 갔다. 소가 아파트 공동현관 앞에서 서성이고 있었다. 밖에서 볼 때 정의 집 거실은 어두웠다. 사람이 없는 것 같았지만 그들은 키패드에 정의 집 호수를 눌러봤다. 여러번 호출해도 반응이 없자, 아파트 주민이 문을 열 때 안으로 따라 들어왔다. 그들은 정의 집 앞까지 갔다. 괜히 서성이다 혹시 어떤 소리가 들릴까 문에 귀를 대보기도 했다. 복도에는 오래된 아파트 특유의 냉기가 흘렀다. 윤과 소는 번갈아 가면서 정의 휴대폰에 전화를 해봤다. 신호는 계속 갔지만 정은 여전히 전화를 받지 않았다. 윤이 걱정되니 연락을 달라고 정에게 메시지를 쓰는 동안 소가 혹시, 하면서 비밀번호를 눌렀다. 예전에 쓰던 비밀번호를 윤도 기억하고 있었다. 정과 정의 어머니 생년월일을 섞어 만든 번호였다. 십년도 더 된 건데 아직 안 바꿨을까? 여자 둘이 살면서…… 윤이 중얼거렸다. 그리고 문이 열렸다.

현관으로 들어가자 술 냄새가 훅 끼쳐왔다. 현관등이 켜지면서 익숙한 집 안의 내부가 잠깐 드러났다. 거실은 커튼이 쳐져 있었고 텔레비전에서 골프 중계가 나오고

있었다. 소파에는 남자가 자고 있었다. 남자는 인기척에
도 아랑곳없이 소파에 깊숙이 몸을 묻은 채 미동도 없었
다. 소파 앞 협탁에는 윤과 소가 사 왔던 레드향이 박스에
서 그대로 물러 달큰한 냄새를 풍기며 썩어가고 있었다.
정의 어머니 방문은 여전히 닫혀 있었다. 윤은 방문 앞으
로 갔다. 문을 열어야 한다. 윤은 생각했다. 거기 정의 어
머니가 치매로 제대로 먹지도 씻지도 자지도 못하면서 갇
혀 있을지 몰랐다. 어쩌면, 정도 함께 있을지도 몰랐다. 사
람은 조심히 들여야 하는데. 윤은 누구에게 하는 말인지
도 모르면서 중얼거렸다. 윤이 방문을 열었다. 불을 켜지
않아도 방이 비어 있다는 것을 알 수 있었다. 냉기가 돌았
고, 오래 환기되지 않은 방 특유의 냄새가 났다. 뒤에서 소
의 목소리가 들렸다.

"저기요, 좀 일어나보세요."

윤은 닫힌 방문을 모두 열어보기로 했다. 어머니 방 옆
에 있던 서재는 윤이 기억하는 것보다 좁았다. 그동안 책
이 계속 늘어서인지도 몰랐다. 책상에 마치 방금 누군가
보고 간 것처럼 책이 펼쳐져 있었다. 정의 어머니가 항상
읽던 책처럼 영어와 숫자가 많아 보였다. 윤은 표지를 들
춰보았다. 영어 제목이었지만 해석이 어렵지 않았다.『최

신 치매 치료 동향』. 책장 한구석을 차지하고 있던 소설책들은 보이지 않았다. 서재 옆 화장실은 창문이 없고 환기 시설이 부족해 축축한 기운이 느껴졌다. 윤이 기억하기로 정의 자취방 욕실은 샤워와 청소 용품으로 꽉 차 있었는데 이곳은 최소한의 세면도구만 있을 뿐 텅 비어 있었다. 윤은 부엌을 지나 현관에서 가장 가까운 정의 방을 열었다. 방 안에는 풀지 못한 짐들이 그대로 쌓여 있었다. 자취방에서 가져온 캐리어, 박스, 쇼핑백, 비닐봉지 들. 누군가 급하게 와서 짐을 대충 던져놓고 나간 것 같았다.

소는 여전히 잠들어 있는 남자를 내려다보고 있었다. 안 일어나? 윤이 물었다. 소는 고개를 저었다. 우리 언제더라, 중3 때인가 고1 때인가, 옷 산다고 역 안에 있는 엄청 넓은 지하상가 갔던 거 기억나? 소가 물었다. 윤은 언제를 말하는 거냐고 되물었다. 왜, 그때 엄청 추운 겨울이었고, 우리가 길 잘못 들어서 사람도 없고 빈 상가만 있는데 갔다가 잠들어 있는 노숙자 봤잖아. 냄새도 나고, 맨발에 발바닥도 더럽고. 그때 정이 자기가 산 목도리 그 남자한테 덮어주고 왔잖아. 우리가 가까이 가지 말라고 말렸는데도. 윤은 기억이 나지 않았지만, 소가 하는 말을 믿었다. 정은 그런 애였으니까. 어렸을 때부터 조심성이 별로 없었다.

소는 다시 남자를 흔들어보았다. 저기요, 그러고 보니 정은 그들에게 남자의 이름도 알려주지 않았다. 윤이 방마다 켜놓은 불들로 거실까지 빛이 들어왔다. 남자의 얼굴은 모든 부위가 작았다. 눈도 코도 입술도 작고 이마도 좁았다. 윤이 거실 불까지 켜자 남자가 눈을 찡그렸다. 남자는 아주 느린 속도로 자리에서 일어났다. 얼굴을 몇번 쓸더니 한발짝 떨어져 자신을 지켜보고 있는 윤과 소를 바라보았다.

"무슨 일이시죠?"

남자는 그들을 알아보는 것 같았다.

"정이 연락이 안 돼서요."

소의 말에 남자는 아, 하고 눈을 꾹 누르더니 여행 갔습니다, 하고 답했다. 여행이요? 소가 되물었다. 어디로요? 언제 갔는데요? 저희한테는 연락이 없었는데요? 남자는 소의 질문이 귀찮다는 듯 고개를 저었다.

"일주일 전쯤 갔고 저도 어디로 갔는지 잘 모릅니다."

"어머니는요?"

윤이 묻자 남자는 요양원에 모셨습니다, 하고 즉각 답했다. 소는 뭔가 더 말을 하려다 입을 다물었다. 여행을 갔

더라도 연락은 되어야 하는 거 아니냐고 윤이 묻자 남자
는 말했다.

"종종 혼자 여행을 가야만 하는 사람입니다. 연락하는
걸 별로 안 좋아합니다. 어머니 때문에 몇년간 고생했으
니 잠시 쉬고 싶겠죠."

남자가 하는 말은 묘하게 강압적이었다. 그래도, 연락
이 일주일이나 안 되는데, 경찰에 신고해야 하는 거 아닌
가 해서요. 윤이 말했다. 남자는 잠시 윤과 정 너머로 골프
채널을 보면서 물었다. 신고하시게요? 연락이 계속 안 되
면 해야죠. 윤이 말했다.

"그러실 것 같다고 저도 생각했습니다."

남자가 걸음을 뗐다. 윤과 소는 한발짝 더 물러섰다. 남
자는 부엌을 지나 다용도실로 들어가서 품에 단지를 안고
나왔다. 윤은 몸을 곧추세웠다. 휴대폰을 만지고 있던 소
는 남자가 가까이 다가와서야 단지를 본 듯했다. 이게 뭐
예요? 소가 물었다. 남자는 아무 말도 하지 않았다. 단지
앞에 정의 이름과 생년월일 그리고 사망일자가 정갈하게
새겨져 있었다. 일주일 전, 그들이 정과 함께 밥을 먹고 돌
아간 다음 날이었다.

정은 남자의 차에서 자살했다. 유서에는 시신은 화장하

고, 훗날 엄마와 같이 납골당에 들어갔으면 한다고 적혀 있었다고 했다. 그리고 아무에게도 자신이 죽었다는 것을 알리지 말아달라고, 누가 안부를 물어보면 여행 갔다고 대답해주면 좋겠다는 당부가 여러번 적혀 있었다고 남자는 말했다. 남자는 정과 사실혼 관계였으며 자기가 정의 어머니를 돌볼 것이라고 했다. 왜요? 윤이 물었다.

"그게 도리니까요."

남자가 아무런 표정 없이 말했다. 윤은 더이상 할 말을 찾을 수 없었다. 남자는 단지를 품에 단단히 안고 있었다. 윤은 남자가 이 아파트에서 오래도록 머무르겠구나, 생각했다. 윤은 남자에게 요양원이 어딘지 물었다. 어머니를 한번 뵙고 와야 할 것 같아요. 윤이 말하자 남자는 순순히 요양원 이름과 주소를 알려주었다. 소는 남자가 안고 있는 단지를 뚫어져라 쳐다보고 있었다. 이게 정말, 정이라고요? 소는 여러번 물었다. 남자는 원하면 증명서를 가져다줄까요? 하고 헛웃음을 지었다.

그들은 정의 집을 나와서 각자 조용히 울었다. 울면서 걸었고 엘리베이터를 지나쳐 복도 끝 계단참까지 갔다. 그리고 아래로, 아래로 끝없이 내려갔다.

*

    남자가 정의 어머니를 모셨다는 요양원은 한시간 반
정도 시외버스를 타고 내려서 마을버스로 30분을 더 들어
가야 나오는 작은 위성도시에 있었다. 타야 할 버스와 시
간대를 여러번 검색해본 뒤 윤과 소는 시외버스 터미널
로 향했다. 날이 맑은 주말이었다. 버스 타기 전에 화장실
을 갔다 오는 게 좋겠다고 윤이 말하자 소가 시외버스 터
미널 화장실은 지저분해서 쓰기 싫다고, 자기는 물을 많
이 안 마셔서 괜찮다고 했다. 윤은 화장실을 다녀온 뒤 매
점에서 물과 초콜릿을 샀고 쇼핑백을 들고 기다리고 있던
정과 함께 버스에 올랐다. 중간쯤 빈자리에 윤이 앉으려
는데 소가 뒤에 앉자고 말했다. 뒷자리 위험해서 싫은데.
윤이 망설였다. 왜, 옛날 같고 좋잖아. 소가 말했다. 어릴
때는 버스 뒷자리에 앉는 게 좋았다. 높고, 더 많이 흔들렸
으니까. 셋이 나란히 앉을 수 있었으니까. 윤은 고개를 저
었다. 멀미 나. 그러고 나서 앉으려던 자리로 들어갔다. 소
가 옆자리에 앉아서 쇼핑백을 발밑에 내려놓았다.

    처음에 소는 정의 어머니를 보러 가자는 윤의 제안을
거절했다. 정의 어머니를 만나서 어떻게 할 거냐고 물었

다. 우리가 뭘 할 수 있겠냐고. 윤은 정에게 받은 돈을, 어떻게든 어머니께 돌려드리면 좋겠다고 말했다. 철마다 좋은 옷이라도 사서 넣어드리면 좋겠다고. 환자에게 그런 게 무슨 소용이냐고 소가 되물었다. 그런 게 어머니한테 무슨 도움이 돼? 도움이 되지 않더라도, 가야 한다고 윤은 말했다. 어머니가 입지 못한다고 하더라도 예쁜 옷을 사드리고 싶었다. 윤의 기억 속 정의 어머니는 끝이 뾰족한 구두를 신고 복도를 또박또박 걸어 집으로 들어오던, 옷차림새가 완벽하던 사람이었으니까. 윤이 백화점에서 옷을 골랐다. 울과 캐시미어 혼방의 스웨터를 하나 사서 포장했다. 소는 윤이 이해되지 않는다고 했지만 함께 가주겠다고 했다.

버스가 출발한 뒤 윤과 소는 각자 이어폰을 끼고 창밖 풍경이나 휴대폰을 보면서 시간을 견뎠다. 주말이라 고속도로 진입로부터 막히기 시작했다. 소가 휴대폰을 한참 보다가 윤을 툭 쳤다. 창밖을 보고 있던 윤이 고개를 돌리자 소가 휴대폰을 내밀었다. 화면에는 공유 드라이브가 열려 있었다. 셋이 여행을 다닐 때 각자 찍은 사진을 모아서 올려놓던 드라이브였다. 여행별로 폴더가 정리되어 있었고 소는 윤에게 하나 골라보라고 했다. 윤은 목록을 보다가 그들이 마지막으로 갔던 여행을 골랐다. 6년 전, 12월에 갔던 제주도였다. 지금처럼 겨울이었고, 두달을 매일같이 야근하던 소가 프로젝트가 끝났다고, 쌓인 연차를 쓰고 싶다고 해서 가게 된 여행이었다. 서둘러 계획을 잡느라 가까운 제주도로 가기로 했다. 윤이 폴더를 열고 사진을 하나씩 넘겼다. 기억이 사진만큼 생생하지 않았다. 우리가 여기도 갔었나? 윤이 자꾸 물었고 소는 이때 우리 진짜 젊었다고 중얼거렸다. 한참 사진을 넘기던 중에 윤은 무언가 이상하다는 생각이 들었다. 윤과 소가 함께 찍힌 사진, 윤이나 소가 각자 찍힌 사진은 많았는데, 정이 나오는 사진이 한장도 없었다. 윤이 정이 안 보인다고 말하자 소는 그럴 리가 없는데?라고 말했다. 소는 셋이 함께 사진을 많이 찍었었다고, 자기가 모두 여기 올려놓았었다고 했다. 소는 모든 폴더를 하나씩 전부 열어보았다.

10여개의 폴더에 1만 7천장이 넘는 사진이 있었다. 그런데 정의 그림자나, 정의 머리카락이라도 스친 사진은 한장도 남아 있지 않았다. 정은 사진 속에서 완전히 사라졌다. 애초에 존재하지 않았던 사람처럼.

"삭제했나보다. 나쁜 년."

소가 말했다. 윤은 여행을 가지 못하고 셋이 함께 공원을 걷던 크리스마스이브에 정이 했던 말을 떠올렸다. 정은 내가, 내가 아니었으면 좋겠다고 말했다. 그때 윤은 정에게 왜 그렇게까지 말하느냐고 반문했다. 왜 그렇게까지 자기를 자책하냐고. 사기를 친 사람이 나쁘지, 네가 왜 나쁘냐고. 왜 그렇게까지 미안해하냐고. 나는 아직도, 이해가 안 돼. 소가 말했다. 소는 휴대폰 화면을 끄고 다시 이어폰을 꼈다. 윤은 음악을 듣고 싶지 않았다. 윤은 버스의 엔진 소리와 도로의 소음, 주변 사람들이 자세를 고쳐 앉으며 내는 시트가 쓸리는 소리, 희미한 말소리 등을 묵묵히 들었다. 윤도 정이 왜 이렇게까지 해야 했는지 이해할 수 없었다. 아마 평생 정을 이해하지 못할 것 같았다. 그래도 정에게 그때 다른 말을 해주었으면 좋았겠다는 생각이 들었다. 아니면, 그냥 아무 말도 하지 않거나.

시외버스에서 내려서 작은 터미널을 빠져나와 마을버스를 기다릴 때에는 점심시간이 훌쩍 지나 있었다. 윤이 초콜릿을 꺼내 잘라서 소에게 내밀자 소는 말없이 초콜릿을 받았다. 해가 높았다. 소는 손바닥에 올려진 초콜릿 조각이 가장자리부터 조금씩 녹는 것을 잠시 바라보다가 아, 옷 버스에 두고 내렸다,라고 말했다. 어떡하지. 미안해, 나 정말 왜 이러지. 미안해. 정말 미안해. 소는 발을 구르며 차들이 지나치게 빠르게 달리는 도로를 연신 둘러보았다. 소는 곧 우두커니 멈춰 서서 초콜릿이 녹고 있는 손바닥을 그대로 펼친 채로, 도로를 바라보았다. 쇼핑백을 신고 떠난 버스가 돌아오기라도 할 것처럼. 윤은 남은 초콜릿을 천천히 입 속에서 녹이면서 소에게 괜찮다고 말했다. 정말로 괜찮다고.

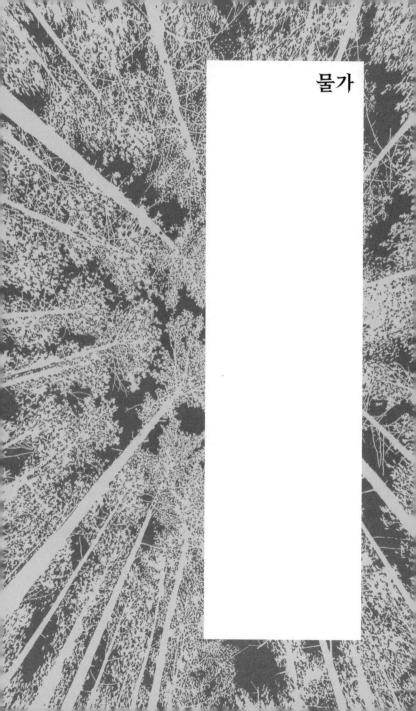

물가

유안의 아이가 항암치료를 받는다고 했다. 처음 임신을 알렸을 때도 유안은 남의 이야기를 전하듯 메시지를 보냈다.

—나 임신했대.

그때도 유안은 불쑥 말을 꺼냈고 이상하게 화가 많아졌다고 덧붙였다.

—임산부를 혐오하는 남자들이 있다는 거 알아?

내가 축하를 건네자 유안이 생뚱맞게 물었다.

—인셀(incel)들?

—이름도 있어?

유안은 한참 후에 긴 메시지를 보냈다. 유안이 인터넷에서 어떤 남자가 쓴 글을 봤는데, 거리에서 임산부를 보면 자기보다 잘난 남자가 이 여자와 섹스를 했을 것이라는 사실이 떠올라 괴롭고, 그 임산부가 자기와는 섹스를 해주지 않았다는 사실에 너무 화가 난다는 내용이었다고 했다. 어떻게 자기와 아무 상관도 없는 사람에게 화가 날 수 있어? 유안은 내게 계속 물었다.

─어떤 남자가 섹스를 못하는 게 어떻게 임신한 여자의 잘못이야? 아니, 섹스가 삶의 전부야?

─이런 남자들, 인터넷에서만 떠들지 현실에서는 아무 말도 못해. 걱정하지 마.

대화창이 잠시 조용해졌다. 유안이 조금 후에 답했다.

─나는 걱정하는 게 아냐. 분노하는 거지.

유안은 지금 걱정하고 있을까. 아니면 아직도 화가 나 있을까. 아이는 이제 막 돌이 지났다. 얼마 전에 유안의 메신저 프로필에서 떡이며 과일과 함께 연필, 실, 마우스 등으로 돌잡이 상을 차린 사진을 보았다. 아이가 뭘 잡았느냐고 물어본다는 것을 깜빡 잊고 있었는데, 그 작은 아이 몸 안에 암이 있다는 이야기를 듣게 될 줄은 몰랐다. 남편이 기저귀를 갈아주다 아이의 배 오른쪽에 딱딱한 멍울이 잡힌 것을 발견했다고 했다. 내가 아이랑 더 오래 있었는데 나는 까맣게 몰랐어. 그게 갑자기 생긴 것도 아닐 텐데. 유안이 말했다. 유안은 아이의 정확한 병명도, 아이가 입원할 병원도 알려주지 않았다. 단지 나에게 큰 부탁을 해야 할 것 같다고 했다. 뭐든 괜찮다고 바로 답하려고 했는데 버스가 급정차하는 바람에 휴대폰을 떨어트렸다. 버스 경적이 길게 울렸다. 마감조만 하다가 오랜만에 낮 근무를 마치고 집에 가는 길이었다. 창밖으로 늘어선 차들이 길어진 해를 받아 출렁거렸다. 휴대폰을 주워서 화면이 깨지지 않았는지 살펴보는 사이 유안의 메시지가 나타났다.

— 당분간 치약이 맡아줄 수 있을까?

치약이는 유안이 결혼 전부터 키우던 치와와였다. 유안과 남편 모두 앞으로는 집보다 병원에 더 많이 있게 될 것이고, 아이가 항암치료 후 퇴원하게 되어도 면역력이 약해져서 집에 치약이가 있는 게 좋지 않다고 의사가 권고했다고 했다.

— 오빠는 아예 입양을 보내는 게 어떻겠냐고 하는데 내가 어떻게 그래. 네가 당분간만 맡아줄 수 있을까? 괜찮아질 때까지만.

나는 유안의 메시지를 여러번 읽었다. 당분간은 얼만큼일까? 괜찮아질 때는 언제지? 아이의 치료가 모두 끝나는 때? 선뜻 그럴게,라고 대답하지 못하는 내가 싫었다.

나는 애완동물을 키워본 적이 없었다. 유안이 결혼하기 전에는 종종 유안의 집에 가서 치약이와 놀아줬고 유안이 치약이 사진을 보내오면 호들갑스럽게 반응했지만 거기까지였다. 치약이가 아플 때마다 유안이 얼마나 힘들어했는지, 퇴근이 아무리 늦어도 산책은 꼭 시켜주고 변이 너무 물러도 딱딱해도 걱정하며 습식 사료를 산다, 건식 사료를 산다 얼마나 정성스레 돌봐주었는지 잘 알고 있었다. 나는 저렇게 못해. 유안을 보면서 생각하곤 했다. 치약이가 아무리 예뻐도 내가 아닌 다른 존재에게 그만큼의 시간과 에너지와 돈을 쏟고 싶지 않았다.

임신 기간 동안 유안은 내게 종종 인셀이 제목에 들어간 기사를 보내왔다. 총기난사, 묻지마 폭행, 안티페미니스트 시위…… 기사는 언제나 많았다. 딸이어도 아들이어도 걱정이야. 유안은 말했다. 아이가 아들인 것을 알게 된 후에는 한동안 기사를 안 보내는가 싶더니 다시 기사를 공유하면서 내가 그동안 세상을 너무 몰랐던 것 같아,라고 말했다.

나는 샌드위치 가게에서 여덟시간 동안 서서 아르바이트를 하고 있었다. 지하철역 근처인 매장은 항상 붐볐고 그 많은 사람들이 모두 각자의 취향대로 샌드위치를 주문

하니 일하는 내내 재료를 잘못 넣지 않도록 신경 써야 했다. 유안의 부모님은 노무사와 변호사로 정년을 넘긴 나이까지 일을 하고 계셨다. 유안은 외국어고등학교를 나왔고 대학 졸업 후 외국계 무역회사에 취직해서 1년쯤 다니고 육아휴직 중이었다. 남편은 공기업에 다닌다고 했다. 결혼 전, 유안의 남편과 같이 밥을 같이 먹은 적이 있었는데 식사 내내 내게 적절한 질문을 던졌고 고기를 잘 구웠다. 너는 안전하고 좋은 세계에서 살고 있고 태어날 아이도 그럴 것이라고 나는 말하고 싶었다. 너는 샌드위치에 오이를 잘못 넣었다는 이유로 몇번을 고개 숙여 사과할 일이 없지 않느냐고 묻고 싶었다. 이런 말 대신 나는 임산부가 자꾸 그런 기사 보는 건 좋지 않다고, 아이한테 안 좋은 영향이 갈 수도 있으니 좋은 것만 보고 들으라고 말했다. 나도 모르게 유안은 세상의 불행에서 비켜난 사람이라고 믿고 있었다. 나는 유안의 부탁을 들어줘야 했다. 유안에게 치약이를 잘 돌볼 테니 걱정 말라고 메시지를 보내고 나니 버스가 내려야 할 정류장을 지나치고 있었다.

치약이는 수요일 오전에 유안의 남편이 데려다주었다. 그주에는 아르바이트를 쉬는 날이 하루밖에 없었다. 그날 오후에 유안의 아이는 병원에서 힘든 검사를 받을 예정이라고 했다. 유안의 남편은 양손에 꽤 무거워 보이는 가방을 들고 우리 집까지 4층을 걸어 올라왔다. 아직 5월이었는데 낮엔 한여름 같았다. 나는 유안의 남편 이름을 자꾸 까먹었다. 형우씨 아니면 현우씨였는데 매번 이름을 잘못 말해서 유안이 고쳐주곤 했다. 유안의 남편은 푸른색 반팔 셔츠와 회색 슬랙스 차림에 길이 잘 든 로퍼를 신고 있었는데 이후엔 회사에 잠간 들렀다 병원에 간다고 했다. 그리고 내게 수건이 있냐고 물었다. 나는 화장실에서 새 수건을 꺼내 냄새를 한번 맡아보고 가져다주었다. 원룸이 서북향이라 빨래에서 가끔 냄새가 났다. 그는 수건을 목덜미에 두르고 다시 내려가서 사료 포대와 간식이 담긴 박스를 양손으로 받쳐 들고 올라왔다. 이제 한번만 더 내려갔다 오면 돼요. 그가 수건으로 목덜미를 닦으며 웃어 보였다. 그에게는 아이가 아프고 아내가 힘들어해도 절대 손상되지 않는 부분이 있는 것처럼 보였다.

나는 현관에 서서 좁은 복도를 거의 다 차지하고 있는
짐들을 내려다봤다. 이동용 가방, 사료, 장난감, 급수대와
배식대, 배변 패드…… 빛이 들지 않아 어두운 복도 천장
에서 센서등이 내 움직임에 따라 깜빡였다. 형우씨 아니
면 현우씨는 마지막으로 치약이를 품에 안고 올라왔다.
치약이는 주위를 둘러보며 이따금 캉캉 짖었고 나를 알아
보는 것 같기도 알아보지 못하는 것 같기도 했다. 앞으로
여기가 네 집이야. 착하게 굴어. 그가 말했다. 나는 애써
웃어 보였다.

치약이는 나를 알아봤다. 정확히 말하면, 내가 유안이
아니라는 것을 알았다. 유안과 함께 있을 때 치약이는 낯
선 사람에 대한 경계심이 거의 없었다. 내 앞에서도 배를
보이며 드러누웠고 간식을 줘도 잘 받아먹었는데 우리 집
에 온 치약이는 꼬리를 늘어뜨리고 나를 향해 그르렁거렸
다. 유안의 남편은 혼자 사는 여자분 집에 들어가기가 죄
송스럽다면서 수건을 문고리에 걸어두고 짐은 복도에 그
대로 둔 채 돌아갔다. 나는 우선 급수대와 배식대를 설치
하고 잠을 자는 방석과 배변 패드를 깔아주었다. 그 주변
에는 치약이가 특히 좋아한다는 악어 인형을 놓았다. 치
약이는 익숙한 자기 물건에도 가까이 오려 하지 않았다.

치약이가 새 공간에 적응하길 바라며 저녁을 먹으러 나갔다. 오후 내내 치약이 짐을 원룸 안에 정리해놓느라 평소보다 배가 일찍 고팠다. 집 근처 하천 주변에 있던 옛날식 주택들이 점점 상가로 바뀌어갔다. 새로 문을 연 라멘집에 1인석이 있길래 들어가 돈코츠라멘을 먹었다. 국물에서 라면스프 맛이 났다. 약간 기분이 상해서 집으로 돌아오자 현관문에 포스트잇이 붙어 있었다.

어디서 개가 짖네요.

내가 사는 집은 오래된 빌라 꼭대기 층이었다. 원래 한 집이던 옥탑방을 두개의 원룸으로 쪼개서 세를 주고 있었다. 두 원룸 사이는 벽이 얇아서 주위가 조용할 땐 옆집 사람의 휴대폰 진동 소리도 들렸다. 가끔 내가 알람을 못 듣고 자고 있으면 옆집에서 벽을 탕탕 쳐서 나를 깨우기도 했다.

포스트잇을 떼고 집으로 들어가니 치약이가 현관문 앞에 앉아서 나를 물끄러미 바라보다 내가 오자 실망한 듯 길게 울었다. 치약이는 다시 집 안을 돌아다니며 냄새를 맡고 부엌 싱크대 밑에 오줌을 쌌다. 유안과 있을 때는 치약이가 짖는 소리를 거의 들어본 적 없었다. 낑낑대거나 가르랑댈 때는 있었어도. 치약이가 짖을 줄 알았나? 다행히 치약이는 저녁도 물도 먹었고 배변 패드에 적당해 보이는 똥도 쌌다. 유안에게 치약이가 밥을 잘 먹고 똥도 잘 쌌다고 메시지를 보냈다. 유안은 메시지를 읽고 답장하지 않았다.

불을 끄고 침대에 누웠는데 치약이가 캉, 짖었다. 나는 휴대폰을 보면서 치약이에게 쉿, 하고 말했다. 치약이는 잠시 조용해지는가 싶더니 다시 캉캉, 하고 짖었다. 불을 켰다. 치약이가 자기 꼬리를 쫓듯 뱅뱅 돌고 있었다. 배가 고픈가, 목이 마른가 싶어 급수대와 배식대를 다시 채워줬다. 그래도 치약이는 짖었다. 치약이를 안아서 머리와 배를 만져줬다. 만져줄 때는 얌전했는데 손을 떼자 또 짖었다. 옆집과 맞닿은 침대 머리 쪽 벽이 쿵쿵 울렸다. 나도 모르게 그쪽으로 고개를 숙였다. 치약이를 안고 달래듯 방안을 서성이다 문득 오늘 산책을 못했구나 싶었다.

자정이 훌쩍 넘어 있었다. 다리가 무거웠다. 발은 부었고 종아리 정맥은 팽팽해졌다. 내 어깨에 작은 발을 얹은 채 안겨 있는 치약이는 너무 뜨겁고 가벼웠다. 치약이를 내리고 산책줄을 채워서 밖으로 나갔다.

밤이 되니 한낮의 더위가 빠르게 가라앉았다. 초여름의 밤공기는 차가웠고 강의 물비린내와 습기는 적당히 불쾌했다. 하천을 따라 계속 올라가면 서울 중심부까지 갈 수 있다고 했다. 좁은 산책로의 제방 쪽에는 갈대가 무성했다. 늦은 밤인데다가 가로등의 간격이 넓어 빛이 닿지 않는 길은 이중으로 어두웠다. 치약이는 길의 가장자리를 따라 걸으며 보도블록마다 냄새를 맡았고 이따금씩 오줌으로 마킹을 했다. 산책로 중간중간 벤치에 사람들이 앉아 강을 보고 있었다. 누워 있는 사람도 가끔 보였다. 사람들은 밤에 잠을 자지 않고 강을 보기도 하는구나, 생각했다. 치약이는 계속 가고 싶어 했지만 30분쯤 걷자 발끝에 전기가 오르면서 쥐가 났다. 이렇게 많이 걸어본 게 언제였는지 기억도 나지 않았다. 집으로 돌아오자 치약이는 자기 방석으로 돌아갔다. 치약이가 코를 고는 소리를 들으며 나도 바로 잠들었다.

*

　오후 출근이라 늦잠을 자던 중에 유안의 메시지가 왔다. 기사 링크였다. 서울 근교 하천에서 토막 난 시체가 발견되었다는 내용이었다. 시체는 40대 여성의 것으로 추정된다고 했다. 강변 사진이 익숙해서 기사를 자세히 보니 내가 매일 산책하는 강이었다. 우리 동네는 아니었지만 산책로를 따라 한시간 정도 걸어가면 나오는 곳이었다. 밤 산책은 계속되고 있었다. 아르바이트 가기 전에 산책을 시켜주어도 밤에 산책을 시켜주지 않으면 치약이는 잠들지 못하고 짖었다.

치약이는 여전히 유안을 기다렸다. 현관문이 열릴 때마다 내가 유안이 아니란 것을 확인하고 나면 빠르게 등을 돌리고 집안을 뱅뱅 돌았다. 유안은 기사만 보내놓고 별다른 말이 없었다. 나 여기 매일 치약이랑 산책해. 내가 메시지를 보내자 유안은 조심해,라고 보냈다. 나는 아이는 어떠냐고 물었다. 아이는 계속 자. 너는 어때? 내가 다시 묻자 유안이 말했다. 내가 곱창을 너무 좋아했던 것 같아. 곱창? 곱창을 너무 많이 먹었던 것 같아. 이제 안 먹으려고. 유안이 결혼하기 전에 우리는 맛있다는 곱창집을 찾아 대구까지 내려갔다 온 적도 있었다. 그럼 나는 이제 곱창 누구랑 먹나. 유안은 답이 없었다.

유안이 보내준 사건의 후속기사를 계속 검색해봤지만 범인이 잡혔다는 이야기는 없었다. 범인보다 피해자에 대한 내용이 더 많았다. 강을 따라서 토막 시체가 더 발견되면서 피해자의 신원이 특정되었는데 처음 추정대로 40대

여자였다. 다국적 물류기업에 다니며 고급 빌라에 혼자 살았고 애인도 없었다. 3년 전쯤 헤어진 전 남자친구가 잠시 용의선상에 올랐지만 확실한 알리바이가 있었다. 스포츠 브랜드 로고가 가슴에 크게 박힌 트레이닝복 차림으로 무선 이어폰을 귀에 꽂고 집을 나오는 여자의 모습이 빌라 현관 감시카메라에 잡혔고 그후의 행방은 주변 카메라로 찾고 있다고 했다. 범인을 특정하기가 쉽지 않지만 시체를 옮길 수 있는 가방이나 쇼핑백을 가지고 강에 왔던 사람들을 조사 중이라고 했다. 하필 때 이른 장마가 시작되었다. 비가 갑자기 쏟아지고 순식간에 그쳤다. 사건 현장이 물에 쓸려 훼손되어갔다.

산책을 나가지 못하자 치약이는 이따금씩 하지만 끈질기게 짖으며 방 안을 뱅뱅 돌았다. 나는 치약이가 잠들 때까지 치약이를 안아 달랬다. 오늘은 못 나가. 위험해. 비가 너무 많이 와. 물이 엄청나게 불어날 거야. 살인마가 숨어 있을 수도 있어. 무섭지? 무서우면 얼른 자자. 물론 치약이는 쉽게 잠들지 못했다. 나는 어쩔 수 없이 지쳤다. 매장 마감시간에 의자를 테이블 위로 올리다 놓쳐서 발을 찧었다. 같이 일하는 동생이 지역 커뮤니티 앱을 알려줬다. 그 앱의 게시판을 보면 종종 무료로 또는 약간의 보수만 받고 강아지를 산책시켜주고 싶어 하는 사람들이 있다고 했다. 그날 밤 앱을 다운받고 자정 무렵 강아지 산책을 같이 할 사람을 구한다고 글을 올렸다.

다음 날 오전에 확인해보니 댓글이 하나 달려 있었다. 닉네임이 '크림'이었다. 크림님의 프로필은 생크림이 잔뜩 든 빵의 단면과 커피가 같이 찍힌 사진이었다. 인사를 하자 곧 답장이 왔다. 오래 길러온 강아지가 있는데 얼마 전에 죽었고 아직 새로운 강아지를 기르고 싶지는 않아 치약이와 같이 산책하고 싶다고 했다. 늦은 시간인데 괜찮으세요? 내가 묻자 크림님은 잠이 없는 편이라 괜찮다고 답했다. 비도 그쳤으니 오늘 밤부터 시작하는 것은 어떠세요? 크림님은 고개를 끄덕이는 이모티콘을 보내왔다.

크림님은 막연히 생각했던 것보다 마르고 작고 어려 보였다. 왜인지 건강하고 활동적이고 나보다 나이가 많은 사람일 거라고 생각했는데, 목소리도 가늘었고 멋쩍은 듯 웃으며 하는 인사도 어색했다. 안녕하세요. 안녕하세요. 크림님은 치약이에게도 인사했다. 머리를 쓰다듬어주자 치약이가 눈을 느리게 깜빡였다. 낯을 별로 안 가리네요. 크림님은 치약이를 능숙하게 만졌다. 치약이가 쪼그려 앉은 크림님의 가랑이 사이로 들어가 쿵쿵대며 냄새를 맡았다. 강물이 불어났다. 그 기사 때문인지 장마 때문인지 산책로에는 사람이 거의 보이지 않았다. 물소리가 커서 처음에는 크림님이 내게 하는 말을 잘 듣지 못했다.

치약이는 몇살이에요? 네? 치약이, 몇살이에요? 유안이 두 손 안에 들어올 만큼 작던 치약이를 처음 데려왔을 때가 언제인지 생각해보려 했다. 유안이 그때 만나던 남자친구가 애견숍에서 치약이를 사서 선물로 주었다. 유안은 강아지를 작은 유리상자 안에 가둬두고 전시하는 애견숍들이 비윤리적이라고 생각하고 있었지만 막상 치약이를 보자 너무 좋아서 아무것도 생각나지 않았다고 했다. 스물서너살 무렵이던 그때의 유안은 언제나처럼 예뻤고 양꼬치에 꽂혀 있었고 막 취직해서 혼자 살기 시작했었다. 그게 벌써, 10년도 더 전이었다. 그때 나는 어떤 사람이었더라? 나도 스물서너살이었을 것이고 지금과 비슷한 혹은 더 나쁜 집에서 혼자 살고 있었을 것이고 유안을 따라 양꼬치를 많이 먹었을 텐데 기억나는 게 별로 없었다.

아직 할아버지는 아닌데 치약이 귀가 잘 안 들리나봐요. 크림님이 말했다. 네? 나는 치약이 산책줄을 무의식적으로 당기면서 말했다. 치약이가 힘을 주고 앞으로 나가서 줄이 풀려 나갔다. 걷는 것을 보니까 균형감각이 좀 떨어져 있는 것 같은데 귀 문제인 거 같아요. 냄새는 잘 맡는 거 같고. 나는 병원비 생각이 먼저 들었다. 동물병원에서 엑스레이 하나 찍는 데 5만원인가 들었다는 이야기를 유안이 해준 적 있었다. 내가 데리고 있는 동안 병원비는 내가 내야 하는 걸까? 나 때문에 아픈 것도 아닌데? 그건 아니겠지, 생각하다가, 그래서는 안 되지,라고도 생각했다. 마음이 딱딱해져서 조금 빨리 걷자 치약이가 멈춰 섰다. 크림님이 치약이를 품에 안았다. 나는 안긴 치약이를 보며 말했다. 치약이 고집 있어요. 똑똑해서 그래요,라고 크림님이 바로 대꾸했다. 크림님의 품에서 치약이는 잠들어버렸다.

"이런 적 없었는데."

"잠깐 쉴까요?"

크림님이 근처 벤치로 가 앉았다. 검은 강물에 가로등 불빛이 부서졌다. 우리는 말없이 강을, 가로등을, 또는 건너편 강변을 가끔 지나다니는 그림자들을 봤고 이따금 치약이를 쓰다듬었다. 하품이 나왔다.

"피곤하세요?"

크림님이 물었다.

"일하고 오는 길이라서요."

"산책을 매일 하세요?"

"웬만하면 매일 하려고 해요."

"매일 무언가 한다는 거, 중요한 거 같아요."

"네?"

내가 되묻자 크림님은 다시 말했다.

"매일 할 일이 있고 그걸 한다는 거요. 그게 좋은 거 같아요."

"보통 다 그렇지 않나요? 매일 적어도 침대에서 일어나거나 뭘 먹고 씻긴 하잖아요, 누구나."

"누구나 그렇지는 않아요."

나는 대답할 말을 찾을 수 없어서 그럴 수도 있겠네요, 하고 말았다. 내일도 산책하시나요? 크림님의 질문에 나는 핸드폰으로 날씨를 확인하고 그럴 것 같다고 했다. 그럼 내일도 산책 같이해도 될까요? 그럼요, 나는 답했다.

*

내가 일하는 샌드위치 가게에는 올 때마다 똑같은 메뉴를 주문하는 손님이 있다. 빨간 뿔테 안경을 쓴 남자 손님으로 언제나 구운 닭가슴살 샌드위치에 오이와 피클을 빼고 소스는 허니머스터드만 뿌렸다. 그 손님에게 샌드위치를 전해주면서 구운 닭가슴살 샌드위치, 오이랑 피클 빼고, 허니머스터드 맞으시죠?라고 물었다. 손님은 카드를 건네다 말고 나를 바라보며 그건 제가 주문한 게 아닌데요,라고 말했다. 그럴 리가. 나도 그 손님을 쳐다봤다. 빨간 뿔테, 맞는데. 내가 이 가게에서 일한 지난 2년 동안 단 한번도 그 손님은 다른 메뉴를 시킨 적이 없었다. 네? 내가 되묻자 그 손님은 한숨을 쉬며 말했다. 구운 닭가슴살이 아니라 치킨으로 주문했는데요. 아까 확인하셨잖아요. 제가요? 그 손님의 주문을 받았던 게 내가 아닌 것 같았다. 손님은 내 대응이 불쾌하다고 말했다. 지금 제가 우긴다는 거예요? 나는 우선 죄송하다고, 다시 만들어드리겠다고 했다. 그 손님은 계속 한숨을 쉬면서 중얼거렸다. 기본도 안 돼 있네. 기본도.

나는 집에 오자마자 침대에 누웠다. 열대야가 지속되고 있었다. 일어나서 물도 마시고 뭐라도 먹고 치약이도 데리고 나가야 하는데 몸을 일으킬 수 없었다. 크림님이 앱을 통해 오늘은 몇시에 보냐며 채팅을 보내왔다. 나는 오늘은 산책을 못 할 것 같다고 답했다. 크림님이 피곤하냐고 물었고 나는 그렇다고 답했다.

—그럼 제가 치약이를 데리고 다녀올까요?

　크림님의 제안에 나는 잠깐 생각해봤다. 나는 크림님의 본명도 모르고 사는 곳도 전화번호도 몰랐다. 내가 아는 것은 크림님이 걸음이 빠른 편이라는 것과 브랜드 운동화가 종류별로 있다는 것, 발목에 다윗의 별 모양 문신이 있으며 한달이 넘는 시간 동안 한번도 거르지 않고 매일 나와 치약이와 산책을 했다는 것뿐이었다. 치약이가 캉, 하고 짖었다. 나는 얼른 집으로 오실 수 있냐고 물었다.

　크림님에게 주소를 알려주자 10분도 안 돼서 건물 앞에 도착했다는 연락이 왔다. 치약이를 크림님에게 데려다주고 집으로 돌아와서 나는 다시 침대에 누웠다. 집에 오랜만에 혼자 있는 것 같았다. 아무것도 보고 싶지 않고 듣고 싶지 않아서 가만히 천장만 쳐다봤다. 벽 너머 옆집에서 여자 신음소리가 새나왔다. 숨을 헐떡이고, 소리를 질렀다. 포르노를 보고 있는 것 같았다. 옆집 여자는 가끔 포르노를 틀어놓고 요란하게 자위를 했다. 자위하는 게 자랑스러운가? 왜 이어폰을 끼지 않지? 벽을 칠까 매번 고민했지만 늘 내가 이어폰이나 귀마개를 끼고 말았다. 유안은 내게 또 그런 소리가 들리면 반야심경을 크게 틀어놓으라고 조언해줬다. 나는 휴대폰을 들고 반야심경을 검색

하려다가 타임세일 광고 알림을 보고 들어가 세일하는 운동화를 하나 샀다. 그러고 보니 치약이는 지금쯤 크림님과 첫번째 다리 밑을 지났겠구나, 생각했고 유안에게 치약이 귀가 안 좋은 것 같대,라고 메시지를 남겼다. 그리고 다시 천장을 보다가 잠이 들었다.

휴대폰이 울려서 눈을 떴을 때는 방이 환했다. 유안에게서 전화가 오고 있었다. 전화를 받을 때까지도 잠이 완전히 깨지 않았다. 유안은 치약이를 데리고 병원에 가야겠다고, 오전 중에 우리 집에 잠깐 들르겠다고 말했고 나는 아무런 생각 없이 그래,라고 답하고 전화를 끊었다. 그런데, 치약이가 없잖아,라는 생각은 침대에서 일어나서야 들었다. 나는 바로 앱으로 들어가 채팅창을 열었다. 어젯밤에 치약이를 데리러 온 이후 크림님에게서는 아무런 연락이 없었다. 크림님에게 어디시냐고, 치약이 잘 있냐고 채팅을 보냈지만 30분이 지나도 읽지 않았다. 어제 씻지 않아서 머리가 무거웠고 몸에서 냄새도 나는 것 같았지만 아무것도 할 수 없었다. 배가 고팠지만 밥도 먹을 수 없었다. 유안이 문을 두드리고 나 왔어,라고 조그맣게 말하는 목소리가 들리기 전까지 나는 크림님 어디세요?라는 내 메시지만 떠 있는 채팅창을 보고 있었다. 계속 보고 있으면 크림님이 나타나기라도 할 것처럼.

유안을 직접 보는 것은 오랜만이었다. 유안이 아이를 낳고 병원에 있을 때, 가장 몸이 약할 때에는 코로나바이러스가 극성이라 보러 갈 수 없었고 유안이 아이와 함께 집으로 온 후에는 남편이 육아휴직을 내고 같이 있었기 때문에 찾아가기 어려웠다. 그러니까 유안이 아이를 임신하고 배가 아주 약간 부풀어서 숄더백에 핑크 리본을 달까 말까 고민하던 때, 1년도 훨씬 전에 본 게 마지막이었다. 그때 유안은 임신성 고혈압이 왔다고 했고 내게서 자꾸 알 수 없는 음식 냄새가 난다고 했다. 샌드위치 가게의 온갖 재료들이 내뿜는 어떤 냄새가 내 몸에 배어버렸겠지. 유안은 내게 상처를 주려고 하는 말이 아니라고, 자기가 그저 모든 음식 냄새에 예민해졌을 뿐이라고 말했다. 나는 물론 상처 받지 않았다. 유안이 자기중심적인 것은 당연했다. 유안 같은 삶을 산다면 그렇게 되지 않기가 더 어려울 테니까.

나는 거울을 잠깐 보고 얼굴이 부어 있다는 것을 의식하며 문을 열어주었다. 유안은 내가 기억하는 모습과 크게 다르지 않았다. 화장하지 않아도 깨끗한 피부와 결 좋고 잘 관리된 긴 머리, 눈꼬리가 긴 눈이 나를 보고 있었다. 유안이 나를 향해 가볍게 인사하고 바로 내 어깨 너머로 원룸을 살펴봤다. 치약이는? 유안이 물었다. 치약이는, 산책 중이야, 나는 말했다. 산책? 유안이 물었고 나는 유안이 보내준 기사와 크림님과 빨간 뿔테 손님에 대해 이야기했다. 유안이 조금이라도 이해해주기를 바라며 최대한 자세히 말하려고 했다. 유안이 보내준 기사를 보고 혼자 살며 애인도 안 사귀던 여자가 강변에서 토막 시체로 발견될 수도 있음을 알게 된 것과, 산책을 못 갈 때 치약이가 짖어서 받은 옆집 사람의 쪽지와 크림님을 만나게 된 과정에 대해서, 또 빨간 뿔테 손님이 구운 닭가슴살이 아니라 치킨을 시켰다고 말했을 때 단순히 착각을 했다거나 실수를 저질렀다는 생각보다 더 강렬하게 나를 사로잡았던 어떤 배신감에 대해서 설명하려 했지만 유안은 우리집에 처음 왔던 치약이처럼 원룸을 서성이면서 치약이를 찾는 듯이 뱅뱅 돌고 있었다.

　나는 말을 멈췄다. 유안도 발을 멈췄다. 유안의 발아래에 치약이가 물고 놀던 악어 인형이 뒤집어져 있었다. 유안은 때가 타고 솜이 꺼진 인형을 가만히 내려다보았다. 우리 어릴 때 인형뽑기 열심히 했던 거 기억나? 유안이 물었다. 인형뽑기 기계가 동네 골목마다 생겼던 때가 있었다. 유안은 인형을 잘 뽑았다. 내가 하나도 뽑지 못한 날엔 자기가 뽑은 인형을 전부 주기도 했다. 이런 건 아무것도 아니란 듯이, 언제든 다시 뽑을 수 있다는 듯이.

"나는 아무리 생각해도 그때가 제일 좋았던 것 같아."

유안이 말하고 잠시 있다 덧붙였다.

"그냥 너랑 인형뽑기 하면서 학원 가기 싫다고 영어 재수 없다고 이야기하던 때가 제일 좋았던 것 같아."

그치, 그때가 좋았지,라고 대답했지만 사실 그렇지 않았다. 나는 그때가 딱히 좋지 않았다. 나는 어린 시절이 별로 그립지 않았다. 아빠가 조기퇴직 후 치킨집을 시작한 때였고 오토바이 배달을 하던 아르바이트 직원이 사고로 다리를 절단했던 때였고 엄마, 아빠와 함께 그의 병실로 찾아가서 그의 부모님으로부터 하소연과 원망을 가만히 듣고 오던 때였다. 당시 아마 열아홉 아니면 스무살이었던 아르바이트 직원은 한마디도 하지 않고 담배를 피웠다. 그 모든 일들은 자기와 상관없다는 것 같은 표정으로, 자기 앞에 어린 여자애가 불편한 원피스를 입고 내내 서 있다는 것도 상관하지 않는다는 듯이 연기를 천천히 내뿜었다.

유안은 인형을 주워 들고 쓰다듬었다. 그애 기억나? 유안이 계속 말했다.

"우리 학교에서 실종된 여자애가 있었잖아. 초등학교 1학년 때였나 2학년 때였나. 공장 옆 놀이터에서 놀고 있던 아이를 엄마가 저녁 먹이려고 데리러 갔더니 없었다고. 그때 경찰이 우리집에도 왔었다? 나보고 그애를 마지막으로 언제 봤냐고. 그애는 아랫동네에 살았고 우리는 친구도 아니었는데 그때는 그런 걸 물어보는 경찰이 우스웠어. 내가 경찰이었으면 여기서 시간 낭비하지 않을 텐데, 그런 생각을 했던 거 같아. 우리 동네는 아랫동네와 완전히 달랐으니까. 브랜드 아파트단지가 있고 체육공원이 있고 문화센터가 있고 예쁜 소품을 파는 가게도 있었으니까. 범인은 공장에 다니는 사람 중 하나겠지, 모두 그렇게 수군거렸잖아."

나도 기억났다. 경찰에 대한 기억은 없지만 학교에 갔을 때 모두가 그 여자애의 이름을 비밀처럼 속삭이고 학교 앞에 부모님들이 북적거리며 모여 있다 하나둘 자기 아이의 손을 잡고 데리고 가던 장면들. 그랬지, 사라진 여자애가 있었지. 내가 말하자 유안이 말했다. 그 여자애가 우리 동네 체육공원에서 발견된 것도 기억해? 나는 몰랐다고 말했다. 나는 무언가를 봤을 수도 있었어. 그 공원에 거의 맨날 올라가서 줄넘기를 했거든. 엄마가 내가 매일 줄넘기를 해서 살이 빠지고 예뻐지면 인형의 집을 사준다고 해서. 그후로 나는 공원에 안 가고 아랫동네 놀이터에 가서 놀았어. 친구도 거기서 만들었지. 유안이 나를 봤다. 유안이 아름다운 눈매로 나를 보는 것이 수치스러웠다.

유안이 인형을 치약이 방석 위에 놓았다. 집에서 크림님을 기다리는 것은 의미가 없는 일 같았다. 크림님을 만난 앱에 치약이 사진과 함께 강아지를 찾는다는 글을 올렸다. 나와 유안은 밖으로 나왔다. 정오가 되기 전이었는데 해가 이미 높고 컸다. 우리 집까지 10분 만에 왔으니까 아마 근처에 살고 있을 거야. 나는 말했다. 동네는 오래된 빌라촌이었다. 어디로 가야 하는지도 모르면서 우리는 골목을 돌아다녔다. 지나가는 사람을 볼 때마다 치약이 사진을 보여주며 본 적 있냐고 묻긴 했지만 이렇게 해서 치약이를 찾을 수 있을 거라고 유안도 나도 생각하지 않았다. 이렇게라도 해야 하니까, 하지 않으면 안 되니까 하고 있다는 것을 유안도 나도 알았다.

같은 골목을 세번쯤 돌아본 뒤 우리는 하천으로 갔다. 밤사이 비가 내린 모양인지 강물이 또 불어 있었다. 폭포라도 있는 것 같아. 유안이 말했다. 물소리가 컸다. 우리는 지나다니는 사람에게 몇번 치약이 사진을 보여주었지만 아무도 치약이를 본 적 없다고 했다. 지금 나와 있는 사람들은 밤에 강에 나오는 사람들과 매우 다른 사람들일 테니 당연했다.

우리는 많이 들어본 듯한 클래식이 나오는 음악 분수까지 말없이 걸었다. 어느 순간부터 더는 다가오는 사람들을 붙잡고 치약이 사진을 보여주지 않았다. 유안은 가끔 햇빛에 눈이 부신 듯 눈을 찡그리거나 손차양을 하며 주변을 둘러보고 천천히 걸었다. 이렇게 낮에 밖에 있는 거 오랜만이야. 유안이 말했다. 치약이 못 찾으면 어떡하지. 내가 말했다. 크림님의 얼굴을 떠올려보려고 했는데 잘 되지 않았다. 매일 밤마다 본 사람인데도 생김새를 재구성해보려고 하면 남는 이미지가 없었다. 못 찾으면, 못 찾는 거지. 유안이 자르듯이 말했다. 그럼 너는? 내가 묻자 유안이 다시 눈을 찡긋하며 말했다.

"그것까지 신경 쓰진 마."

유안은 나를 보지 않으며 계속 강과 주변을 두리번거렸다. 그것까지 신경 쓰지 않으면 나는 뭘 해야 하는데? 너의 고통에 대해 생각하지 않으면 이 모든 게 다 무슨 의미인데? 나는 유안에게 묻고 싶었지만 묻지 않았다.

우리는 첫번째 다리를 지났다. 그늘이 한순간 서늘하게 우리를 갈라놓았다. 다시 해가 뜨겁고 맹렬하게 부서져 내렸다. 점점 사람이 뜸해졌다. 길은 계속 상류로 이어졌다. 어? 유안이 손짓으로 강쪽을 가리켰다. 사람이다. 유안의 손끝을 따라가보니 정말로 사람이 있었다. 어떤 남자가 수영을 하는 것 같기도 허우적대는 것 같기도 한 몸짓으로 강물에 휩쓸려 내려가고 있었다.

"신고해야 할까?"

내 말에 유안은 고개를 저었다.

"웃고 있던데. 즐기는 거 같아."

"웃고 있었다고?"

"응, 내가 봤어."

여기서 남자 얼굴이 보였다고? 나는 유안의 말이 믿기지 않았지만 더는 말하지 않았다. 어디선가 강아지 짖는 소리가 났다. 휴대폰이 진동했다. 크림님에게서 답이 왔을까? 치약이는 내가 잘 보호하고 있으니 찾고 싶으면 돈 1억을 24시간 내로 마련해서…… 그런 문자를 보냈을까? 나도 모르게 웃음이 나왔다. 어쩌다 우리는 지금 물가를 걷고 있을까. 물론 치약이를 함부로 크림님에게 맡긴 내 잘못 때문이었다. 하지만 그전에 유안은 어쩌다 나에게 치약이를 맡겼으며, 나는 왜 내 삶도 버거운 주제에 덥석 치약이를 맡았으며, 그 여자애는 어쩌다 체육공원에서 죽었나.

앞서 걷던 유안이 우뚝 멈춰 서서 나를 돌아봤다. 유안의 찡그린 얼굴이 웃는 것 같기도 우는 것 같기도 했다. 유안이 내게 말했다.

"이제 그만 하자."

무엇을 그만하자는 건지 묻지 않아도 알 것 같았다. 우리는 그래도 조금 더 물가를 걸었다.

주말부부

금요일 주간 근무를 끝내고 조오는 곧장 기숙사로 왔다. 남미에게는 일을 마치면 바로 올라가겠다고 했지만 장거리 운전을 하기 전에 한두시간이라도 편히 자고 싶었다. 언젠가부터 조오는 집에 있는 침대가 불편했다. 이음새가 조악한 기숙사 이층침대가 피곤한 조오의 몸을 더 잘 받아주는 것 같았다.

침대 사다리를 반쯤 오르다가 조오는 눈을 찡그렸다. 침대 2층 가장 깊은 모서리까지 햇빛이 질러 들어왔다. 침대를 마주 보는 창문에 녹색 커튼이 드리워져 있었지만 빛을 그다지 막아주지 못했다. 해가 이 시간에 저기 있었나? 바로 저번 주만 해도 주간 근무를 마친 뒤 잠드는 데 전혀 문제가 없었다. 그사이 지구의 궤도가 변한 것도 아닐 텐데. 살림이 쓰는 침대 1층은 그늘이 반쯤 드리워져 있었고 깊고 아늑해 보였다. 조오는 사다리에서 내려왔다. 살림의 베개 옆에는 가지런히 접힌 담요가 놓여 있었다. 기도할 때 쓰는 거라고 했던 것 같은데 한번도 펴진 모습을 본 적은 없었다. 그 담요를 볼 때마다 할머니 방에 있던 국방색 화투요가 생각났다. 할머니는 늘 혼자 화투를 쳐서 요를 넓게 펼칠 필요가 없었다. 육시럴 년. 쉰 목소리로 며느리 욕을 중얼거리면서 접힌 화투요 위로 패를 탁탁 내리치곤 했다.

조오는 담요를 건드리지 않도록 조심하며 살림의 침대에 누웠다. 살림의 향수 냄새가 배어났다. 살림은 강렬한 스모크 향의 향수를 뒤집어쓰고 살다시피 했다. 아무리 독한 향이라도 시간이 지나면 무디어질 만한데, 살림의 향수 냄새는 몇시간, 며칠이 지나도 방에서 빠지지 않았다. 그 향은 사이렌 소리처럼 의식을 뚫고 들어와 코끝에서 징징 울렸다.

*

조오는 기억나지 않는 꿈을 꿨고 추위를 느끼며 잠에서 깼다. 사방이 어두웠다. 살림의 담요가 목에 감겨 있었다. 주머니에서 휴대폰을 꺼내 시간을 확인했다. 당장 출발해도 자정 전에 집에 도착하기는 어려웠다. 남미에게서 온 전화는 없었다. 어쩌면 조오처럼 긴 낮잠을 자고 있을지도 몰랐다. 전화상담 일을 시작한 뒤 남미는 잠이 늘었다. 방이 너무 어두워서 사방이 뚫려 있는 것처럼 느껴졌다. 살림도 들어오지 않은 것 같았다. 바이러스로 국경이 닫힌 뒤 살림은 외출이 잦아졌다. 밤에 기숙사에 없을 때도 많았다. 조오는 담배를 찾아 주머니를 뒤적거리다가 마지막 개비를 점심시간에 끝냈던 게 기억났다. 기숙사 매점도 문을 닫은 시간이었다. 불을 켜지 않은 채, 조오는 자기 옷장을 열어 주머니를 뒤져보았다. 라이터와 날짜 지난 식권 몇장이 손에 걸려 나왔다. 별다른 고민 없이 조오는 옆에 있는 살림의 옷장도 열었다. 운 좋게 살림의 바지 주머니에서 이미 개봉한 담뱃갑이 나왔다.

조오는 살림의 담배 한개비를 꺼내 입에 문 채 창문을 열었다. 바로 아래 주차장에 기숙사 실장의 검은 지프가 주차선을 넘은 채 서 있었다. 멀리 하천 산책로의 가로등이 띄엄띄엄 빛났다. 조오는 천천히 담배를 피웠다. 담배 향이 독특했다. 매캐하고 비린 듯한 냄새가 났는데 피우다보니 달게 느껴졌다. 빈속에 담배를 피워서 그런지 몸이 살짝 떠오르는 것 같은 느낌마저 들었다. 조오는 어느새 남은 네개비를 모두 피우고 꽁초와 빈 갑을 주차장 화단 위로 던져 버렸다.

조오는 눈앞에 펼쳐진 검은 도로를 노려보며 운전했다. 살림의 긴 턱수염이 떠올랐다. 아침마다 살림은 작은 나무 빗으로 수염을 빗었다. 살림의 털은 검고 억세고 구불거렸다. 고속도로변의 어둠이 조오의 차 주위로 엉겨 붙었다. 앞질러 가는 차들의 불빛이 조오의 시야에 선명한 궤적을 남겼다. 시속이 140킬로미터 가까이 올라갔다. 차의 무게감이 전혀 느껴지지 않았다. 롤러코스터를 타는 것처럼 수시로 심장이 붕 떴다가 급락하는 듯한 기분이 들었다. 구역감과 비슷했지만 전혀 다른 느낌이었다. 불쾌하지 않았다. 아니다, 조오는 생각했다. 불쾌하지 않은 게 아니라 유쾌했다. 아주 오랜만에, 신경줄이 느슨해지고 살림의 끔찍한 향수 냄새도 사라졌다. 도로는 전혀 막히지 않았고, 작지만 돌아갈 집이 있고, 그다지 예쁘진 않지만 아내도 있었다. 조오의 시야는 어느 때보다 깨끗했다. 갑자기 모든 것이 분명해 보였다. 자기 안에서 크고 작은 폭죽이 혹은 폭탄이 계속 터지고 있는 것 같았다. 폭발이구나. 조오는 생각했다.

*

폭발이 있었다. 쇠락해가는 위성도시 외곽에 있던 페인트 공장에서 에폭시 수지 탱크가 폭발했다. 흰 연기가 잠깐 솟아올랐을 뿐인데 악취가 바람을 타고 도시로 번졌다. 공장은 오래전부터 대기오염 문제로 주민들의 항의를 받고 있었고 사고로 인해 여론이 악화되자 결국 지방으로 생산시설 일부를 이전하기로 했다.

조오는 그 공장이 있던 도시에서 태어났고 고등학생 때부터 돈이 필요하면 공장에서 아르바이트를 했다. 대학도 도시의 전문대로 갔고, 군대 가기 전 여름에는 공장에서 번 돈을 모아 일본 여행을 갔다. 조오는 거리가 조용하고 깨끗한 일본이 마음에 들었다. 졸업한 뒤에는 워킹홀리데이 비자를 받아 일본에 1년간 머물렀다. 기대와는 달리 큰돈을 모으지는 못했다. 일본에서 돌아온 뒤에 조오는 더 하고 싶은 게 없었고 다시 공장으로 돌아갔다. 공장에서 탱크 온도를 맞추고 청소를 하고 독한 화학제품을 다루는 일에 이미 익숙해져 있었다. 조오는 페인트 공장의 직원이 되었고 남미와 결혼했다.

첫 결혼기념일에 남미와 조오는 혼인신고를 했다. 결혼

전부터 1년은 혼인신고를 유예하기로 했었다. 1년간 별일 없이 살았으면 괜찮지 않나 생각했을 때, 공장에서 폭발이 일어났다. 본사는 조오가 일하던 탱크와 부속시설을 가장 먼저 이전하기로 결정했다. 지방으로 가는 미혼 직원에겐 기숙사가 제공되었고 기혼자에게는 아파트를 저렴하게 빌려주었다. 조오는 남미에게 집세를 아낄 기회라며, 같이 내려가자고 말했다. 남미는 잠시 얼굴을 찌푸리고 있다가 그건 안 될 것 같다고 대답했다. 나는 거기에서 못 살 것 같아. 그때 남미는 일자리를 구하고 있었는데 지방에서는 취업이 더 어려울 것이라고도 말했다. 조오는 남미에게 네가 일하지 않아도 먹고살 수 있다고 말할 만큼 자신이 있지는 않았다. 게다가 여자가 일을 하는 건 중요하다고들 하니까. 조오는 도시에 남은 시설을 관리하는 자리로 보직 변경을 신청하기로 했다. 변경 심사는 1년에 한번 있었다. 잠깐 떨어져 살아보는 것도 나쁘지 않을 거야. 어차피 평생 같이 살 건데 뭐. 둘은 그런 말을 주고받았다. 그런 식으로, 조오는 혼자 기숙사로 내려왔다.

그런데, 남미는 왜 조금도 고민하지 않지? 왜 그렇게 단번에 난 못한다고 말을 자르지? 노력도 안 해보고. 조오는 운전대를 꽉 잡았다. 떨어져 사는 게 생각만큼 나쁘지는 않았다. 어느 주말엔 너무 피곤해서 올라가지 않은 적도 있었다. 2주간 남미를 보지 못했는데 그다지 힘들지도 슬프지도 않아서 불안했다. 2주가 3주가 되고 한달이 되겠지. 남미는 놀기 좋아하는 성격은 아니지만 잘 휩쓸리는 편이었다. 조오가 없는 집에 누가 들어왔다 나갈지 어떻게 알겠는가. 갑자기 깊은 물속에 들어온 듯 몸이 차가워졌다. 옷이 땀으로 흠뻑 젖었지만 조오는 알아차리지 못했다.

*

현관문을 열고 들어갔을 때 조오는 집이 갑자기 조용해졌다고 느꼈다. 남미가 침실에서 화장을 지우지 않은 얼굴로 나왔다.

"뭐야, 갑자기?"

남미가 눈을 크게 뜨며 말했다.

"뭐냐니?"

조오는 자기 목소리가 생각보다 크게 나와서 놀랐다.

"안 오는 줄 알았지, 요새 맨날 피곤하다고 하고. 오늘은 연락도 없어서."

남미는 몸에 붙는 얇은 원피스 잠옷을 입고 있었다. 조오는 남미를 만지고 싶었다. 조오가 다가가자 남미가 뒤로 물러서며 반쯤 열린 문을 돌아보았다. 문 너머로 인기척이 느껴졌다. 조오는 남미에게 누구냐고 묻지 않고 침실로 들어갔다. 처음 보는 여자가 침대에서 엉거주춤하게 일어서며 조오에게 인사했다. 여자의 피부가 매우 얇아 관자놀이의 실핏줄이 두드러져 보였다. 조오는 자기도 모르게 크게 침을 삼켰다. 남미가 조오의 등 뒤에서 말했다.

"수영 언니야, 내가 말했던 친한 대학 동기. 언니 집이 멀어서 자고 가라고 했어. 오빠 안 오는 줄 알고."

조오는 남미에게 그 침대는 네 것이 아니라고 말해주고 싶었지만 그러지 않았다. 편하게 계세요, 조오의 말에 여자는 아무 억양이 실리지 않은 목소리로 네,라고 대답했다.

남미는 조오에게 저녁은 먹었냐고 물었고 조오는 그제야 배가 납작해진 것 같은 허기를 느꼈다. 남미가 부엌의 불을 켜고 조오를 불렀다.

"라면밖에 없어. 물 맞춰놨으니까 오빠가 끓여."

남미는 다시 방으로 돌아가려 했다. 조오는 남미의 허리에 팔을 둘렀다.

"무지 배고파, 진짜. 지금 너도 씹어 먹을 수 있어."

조오가 남미의 목덜미를 깨물었다. 남미가 짧게 웃었다.

"왜 그래, 언니 있는데."

"결혼 안 했어?"

"안 했어."

물이 끓었다. 조오가 라면을 먹는 동안 남미는 휴대폰을 만지면서 원형탁자 맞은편에 잠깐 앉아 있었다. 오늘만 오빠가 내 작업실에서 자줘. 남미는 그렇게 말하고 조오의 어깨를 두드린 뒤 침실로 돌아갔다.

남미의 작업실에서는 유화물감 특유의 석유 냄새가 났다. 남미는 전문예술대학을 학자금대출로 다녔고 졸업 후에는 극단에서 무대미술을 했다. 조오와는 극장 조명팀에서 일하던 친구의 소개로 만났다. 그때 남미는 극단이 임금을 체불하는 바람에 학자금대출 상환 연체로 신용불량자가 되기 직전이었다. 왜 상황이 이런데 가만히 있냐고 조오가 물었다. 내 잘못이 아니니까요. 남미가 말했다. 조오는 더 묻지 않았다. 그리고 급한 이자부터 내라고 돈을 보내줬다. 남미는 조오에게 돈을 갚겠다는 말은 하지 않았지만 곧 극단을 나와 다른 일을, 돈을 벌 수 있는 일을 찾기 시작했다. 조오는 자기가 남미를 구제했다고 믿었고 그 사실을 가끔은 남미보다 사랑했다. 남미가 신혼집의 작은 방을 작업실로 만들면 안 되겠냐고 물었을 때 조오는 흔쾌히 그러라고 대답했다. 조오는 남미 같은 여자에게는 자기만의 방이 필요하다는 것을 알았다. 그 방에서 남미가 무엇을 생각하고 무엇을 그리든 자기와 상관없는 일이라는 것도 알았다.

조오는 쉽게 잠들지 못했다. 목이 탔다. 부엌으로 가 1리터짜리 생수 한병을 다 비웠다. 몇번이나 침실 문을 열고 남미 위에 올라타고 싶은 충동을 억눌렀다. 잠깐 잠이 들면 멀쩡게 생긴 여자가 지켜보는 가운데서 남미와, 남미가 지켜보는 가운데 여자와, 또 조오가 지켜보는 가운데 남미와 여자가 뒤엉킨 장면이 서로 물린 채로 반복되었다. 나중에 조오는 자기가 누구인지 구분해낼 수 없었다.

날이 완전히 밝기 전에 조오는 일어났다. 택배 트럭에서 짐 내리는 소리가 거실 창 너머로 희미하게 들려왔다. 조오는 침실 문을 열어보았다.

햇볕이 옅게 드리운 방에서 남미는 침대 헤드에 기대어 작은 노트에 무언가를 그리고 있었다. 여자는 남미 옆에서 모로 누워 자고 있었다. 남미의 시선이 여자와 노트를 오갔다. 연필이 종이에 긁히는 소리가 들렸다. 문득 남미와 조오의 눈이 마주쳤다. 남미는 마치 오래전부터 거기 있던 정물인 것처럼 조오를 바라보았다. 조오는 조용히 문을 닫고 작업실로 돌아갔다.

조오가 다시 잠들었다가 일어났을 때 거실과 침실에는 아무도 없었고 화장실에서 물소리가 들렸다. 조오는 개수대에 기대서서 남미가 샤워를 마치고 나오길 기다렸다. 물소리가 멎고 곧 화장실 문이 열렸다. 수영이 큰 수건으로 몸을 감싸고 조오에게 익숙한 향을 풍기며 나왔다. 조오는 시선을 내리깔았다. 수영의 다리 사이에서 물이 떨어졌다.

"일찍 씻으려고 했는데…… 미안해요, 아침에 꼭 샤워를 해야 해서."

수영이 작고 밋밋한 목소리로 말했다. 조오는 고개를 끄덕였다. 수영이 침실로 들어가서 문을 닫았다. 조오는 남미가 무슨 정신으로 자기와 수영만 두고 나갔는지 궁금했다. 침실에서 헤어드라이기 소리가 들렸다. 누가 집주인인지 모르겠네. 조오가 중얼거렸다. 현관문이 열리고 남미가 식빵을 들고 돌아왔다. 남미가 프라이팬에 버터를 두르고 있을 때 조오가 뒤로 다가가 물었다. 언제 가? 아침 먹고. 남미는 빵을 굽고 계란 세개를 기름에 부쳤다. 수영은 다 말리지 못한 긴 머리를 늘어트린 채 빵을 아주 잘게 찢고 계란도 조금씩 잘라서 먹었다. 빵 부스러기가 식탁에 너무 많이 쏟아졌다.

남미는 조오에게 차로 언니를 데려다줄 수 있겠느냐고 물었다. 조오는 조금 망설이다 그러자고 대답했다. 남미는 조오에게 고맙다는 말도 하지 않고 바로 옷을 고르고 화장을 했다. 조오는 침대에 누워서 화장대 거울로 남미를 보았다. 집이 어딘데? 좀 멀어. 남미는 거실에 있는 수영에게 언니, 나 언니 립스틱 쓴다, 하고 말했고 수영은 그러라고 대답했다. 남미가 자신의 얼굴을 한참 보다가 언니는 그대로인데 왜 나만 이렇게 늙었지,라고 말하며 일어났다. 조오도 옷을 갈아입었다. 외투 주머니에 들어 있던 휴대폰을 꺼내 확인해보니 살림에게서 전화가 다섯통이나 와 있었다. 조오는 살림에게 무슨 일이냐고 문자를 보냈고 차키를 집어 들고 집을 나섰다.

남미는 수영과 뒷좌석에 앉았다. 조오는 남미와 수영이 무슨 대화를 하는지 귀 기울여 들어보려고 했지만 둘이 소곤거리듯 말하고 있는 데다 크지도 않은 라디오 소리에 자꾸 정신이 쏠렸다. 조오는 몇번 혼자 웃었고 한번 남미와 백미러로 눈이 마주쳤다.

수영은 자기 집으로 가는 길인데도 차가 어디로 가는지에 무심해 보였다. 조오는 내비게이션을 신중히 확인해 가면서 운전했다. 그들은 빌딩이 늘어선 시내를 지났고, 아파트와 주택 단지와 카페와 음식점이 흩어져 있는 거리도 지났다. 터널을 하나 통과했고 외곽순환도로를 탔다가 빠져나왔다. 산과 호수를 끼고 있는 마을이 나왔다. 마을 입구에 차량 출입 통제시설이 있었다. 조오와 남미는 수기로 방문기록을 작성해야 했다. 마을은 정원과 차고가 딸린 복층의 주택들로 이루어져 있었다. 카페나 편의점은 보이지 않았다. 호수는 동네의 가운데에 있었다. 주위로 지형이 점점 높아져서 집들이 비탈에 층층이 들어서 있었다. 거의 모든 집에서 호수가 보일 것 같았다. 어디쯤이에요? 조오가 물었다. 수영은 아무 데서나 세워달라고 했다. 조오는 이 많은 집들 중에 어느 것이 수영의 집인지 알고 싶었다. 남미가 조오에게 다음 골목에서 들어가라고 말했다. 저기 보이는 빨간 벽돌집이야.

차에서 내린 수영은 대문 앞에 서서 조오가 차를 돌려 길을 내려가는 모습을 지켜봤다. 조오가 물었다.

"넌 저 집에 가봤어?"

"가봤지."

"좋아?"

"좋지."

"여기 부자 동네지?"

"그런가? 내가 알기론 무슨 종교 공동체 사람들끼리 모여 사는 데라던데. 언니가 자세한 얘긴 안 하는데, 여기 호수가 신성한 그런 거라서 그 주위에서는 옷 입고 있으면 안 된대. 여름에 호숫가에 가면 사람들이 다 벗고 있어."

조오는 호수로 내려가 주위를 천천히 돌았다. 나체인 사람은커녕 인기척도 없었다.

"거짓말하지 마."

"아직 추워서 그래."

조오의 말에 남미가 태연하게 대꾸했다.

조오는 적당한 데 차를 세웠다. 인공호수 같았다. 주위에 잘 조성된 나무 데크가 깔려 있었고 선착장도 보였다. 조오는 벤치에 앉은 뒤 남미를 자기 무릎 위로 끌어 앉혔다. 여기서 벌거벗은 사람이 한명이라도 지나가지 않으면 집에 못 가. 조오가 남미의 겨드랑이에 손을 끼워 넣으며 말했다. 바람이 차네. 남미는 조오의 손이 저릿할 때까지 몸에 힘을 주었다. 뭔가 이상하다고 조오는 생각했다. 바람이 불어오는데 호수가 너무 조용했다. 물결도 별로 없고, 지나치게 검고 푸른빛이었다. 수면 아래 거대한 무언가가 조용히 숨 쉬고 있는 것 같았다.

어? 남미가 손을 들어 호수 저편을 가리켰다. 저기 있네. 호수 건너편에서 나체의 여자가 미끄러지듯 걸어가고 있었다. 잠깐만. 조오가 말했다. 그 여자 아니야? 누구, 수영 언니? 조오는 눈을 찡그리면서 말했다. 맞는 것 같은데. 아니야. 너무 자세히 보지 마, 실례잖아. 남미가 조오의 무릎에서 일어났다. 이제 가자. 남미가 조오를 일으켜 세웠다. 조금만 기다리면 여자가 분명히 보일 만큼 가까워질 것 같았다. 남미가 조오의 엉덩이를 때렸다. 집에 가야지. 여자의 몸은 뒤에서 빛을 받아 윤곽만 오려진 종잇장 같았다. 현실감이 느껴지지 않았다. 조오는 발가벗은 여자를 호수에 빠트리고 나면 여자가 발버둥을 치겠지, 하고 생각했다. 발버둥을 치다보면, 자기가 옷을 벗고 있다는 것과 바람이 아직 차다는 것과 이 마을이나 이 세계에 대해서 무언가 갑자기 깨닫게 되지 않을까? 조오는 남미를 호수에 밀치는 척하다 잡아당겼다. 물가에 거품이 생겼다 가라앉았다.

*

조오와 남미는 돼지갈비를 사 먹고 돌아왔다. 조오가 담배를 사러 편의점에 가고 남미는 책가방에 인형을 덕지덕지 달고 있는 학생과 함께 엘리베이터에 탔다. 남미와 조오의 집은 오래된 복도식 아파트 꼭대기층의 가장 끝에 있었다. 남미가 복도를 걸어가는 궤적대로 복도의 센서등이 켜졌다가 꺼졌다. 집에 도착하기 몇걸음 전에 남미가 멈춰 섰다. 현관문 앞에 사람이 서 있었다. 눈이 크고 피부색이 짙은 마른 남자였다. 그는 남미가 주저하며 다가오는 모습을 지켜보았고 남미에게 자기를 살림의 친구라고 소개했다. 조오가 자기 옷에 밴 살림의 향수에 대해 끊임없이 불평을 늘어놓아서 남미는 살림의 이름을 기억하고 있었다. 남자는 조오에게 볼 일이 있어 찾아왔다고 했다. 한국말을 잘하시네요, 하고 남미는 말했고 말한 순간 후회했다. 남자는 아무런 움직임이 없었다. 여기서 계속 기다리실 건가요? 남미가 물었다. 저는 괜찮습니다. 남자가 말했다.

남미는 비밀번호를 누르기가 망설여졌다. 복도의 불이 꺼졌다. 남미는 재빨리 번호를 누르고 문을 열었다. 들어

오세요. 남미가 말했다. 남자는 발목까지 올라오는 워커를 신고 있었는데 끈을 푸는 데 시간이 걸렸다. 남미는 부엌으로 가서 주스를 컵에 따라 식탁에 올려두고 거실의 텔레비전을 켜고 소파에 앉았다. 남자가 신발을 벗고 집 안으로 한발짝 들어섰다. 남자는 잠시 서서 집안을 훑어보고 부엌으로 갔다. 감사합니다,라고 말한 뒤 주스를 마셨다. 텔레비전에서 8중 연쇄추돌사고에 대한 뉴스 속보가 나오고 있었다. 저런,이라고 남자가 말했다. 저런이라는 말을 하는구나, 남미는 생각했다.

조오가 돌아오자 남자는 조오에게 다가가 무언가 조용히 속삭였다. 조오는 남자에게 밖에서 얘기하자고 했고 남자는 대답 없이 주스를 천천히 마셨다. 남자는 조오에게 살림의 연락을 받았는지 물었다. 조오는 살림의 문자를 읽었지만 무슨 소린지 이해하지 못했다고 말했다. 남자는 살림의 담배를 피웠느냐고 물었고 조오는 잠시 망설이다 그랬다고 대답했다. 남자는 그 담배는 살림이 다른 사람에게 주기로 한 것인데 조오가 끼어든 바람에 일이 매우 망가졌다고 말했다. 일이 아주 잘못되었어요. 담배를 받기로 한 사람이 매우 화가 났어요. 남자는 이해가 되냐는 듯이 몇번 강조해서 말했다. 그리고, 조오가 그 값을 줘야 한다고 했다. 한시가 급한 일인데 연락이 안 되어서 직접 찾아올 수밖에 없었다고 덧붙였다. 주소를 어떻게 알았냐고 조오가 묻자 남자는 기숙사 실장이 알려줬다고 대답했다. 조오가 얼마냐고 물었다. 남자는 손가락을 하나 들어 보이며 덧붙였다.

"고급품이라서."

"만원이요?"

남자는 고개를 저었다.

"백. 개당입니다."

조오는 자기가 몇개비를 피웠는지 모르겠다고 말했고 남자가 다섯개라고 한 손을 펴서 알려줬다. 조오의 휴대폰이 울렸다. 조오는 휴대폰을 들고 누군가와 통화를 하며 베란다로 나가서 담배를 피웠다. 베란다의 불투명한 창 너머로 조오의 실루엣이 커다란 벌레처럼 보였다.

"주스가 아주 맛있네요. 감사합니다."

남자는 남미를 똑바로 쳐다보며 말했다. 남미도 남자를 쳐다보며 대답했다. 별 말씀을요. 남미는 태어나서 한번도 이 말을 해본 적이 없는 것 같다는 생각을 했다.

조오는 베란다에서 담배 냄새를 묻히고 들어와서 남자에게 알겠다고 대답했다. 그리고 남미에게 집에 돈이 얼마나 있냐고 물었다.

남미는 별로 없다고 답했다.

"당연히 별로 없는 건 아는데, 얼마나 있냐고."

조오가 다시 물었고 남미는 침실로 들어가서 자신의 모든 가방을 하나씩 열어보았다.

"현금이 하나도 없어."

"너는 무슨 정신으로 살아, 집에 돈 떨어지는 것도 모르고."

조오가 중얼거렸다. 계좌번호 주면 당장 부쳐드리겠다고 조오가 말하자 남자는 고개를 저었다.

"현금만 받습니다."

"그럼 나랑 같이 나갑시다. 자동인출기에서 뽑아드리죠."

"저는 여기서 기다리겠습니다."

"밖에 카페나 어디 다른 데서 기다리시죠."

"아니요, 일의 빠른 처리를 위해서 제가 여기 있는 게 좋을 것 같습니다."

남자는 식탁 의자를 빼고 앉았다. 조오는 주먹을 쥐었다 펴며 남자를 보고만 있다 한숨을 쉬고 말했다. 그럼 아내가 가서 뽑아오는 동안 나랑 여기서 기다립시다. 조오는 남미를 데리고 침실로 가서 월급이 들어오는 통장 카드를 주었고 이제까지 알려주지 않았던 비밀번호를 알려줬다. 저 앞 단지 편의점에 자동인출기 있더라. 나도 알아. 남미가 말했다.

남미는 편의점 자동인출기에서 예금의 절반가량의 돈을 찾은 뒤 가지고 나온 장바구니에 넣었다. 500만원은 아무런 무게도 느껴지지 않았다. 조오가 특근을 많이 하는 달에는 그 정도를 벌었다. 남미는 두달을 벌어도 못 채우는 돈이었다. 집으로 돌아가는 길에 조오에게서 문자가 왔다. 조오는 일단 들어오지 말고 밖에 아무 데나 있어,라고 보내왔다. 남미는 돈이 담긴 장바구니를 들고 주변 상가를 둘러보았다. 나온 김에 장을 볼까 하는 생각이 들었다. 마트에서 즉석밥과 계란을 사고, 남미는 사거리에 있는 큰 카페로 들어갔다. 커피를 한잔 사서 창가에 앉았다.

어디서 시간을 보내야 하지, 이 돈이면 택시를 타고 고급 호텔에 가서 하룻밤 자고 올 수도 있었다. 따뜻한 욕조에서 목욕을 하고, 수영 언니에게 전화하면 언니는 틀림없이 올 것이다. 집에 있는 걸 싫어하니까. 영화를 보거나, 야경을 보면서 음악을 들어도 좋을 것이다. 집에서는 잘 안 됐지만 호텔에서라면 그림을 완성시킬 수 있을지도 모른다. 환경이 바뀌면 모델도, 그림을 그리는 사람도 조금은 달라질 테니까. 아니면 야간버스를 타고 멀리 갈 수도 있을 것이다. 조오가 이제 그만 돌아오라고 해도 너무 멀리 와버려서 집에 돌아가면 주말이 끝나 있을 것이다. 어쩌면 남자는 그때까지 있을지도 모르겠다. 아니, 틀림없다. 남자는 떠나지 않을 것이다. 조오만 그것을 모르고 있었다. 카페에 등산복을 입은 단체 손님들이 들어왔다. 남미는 커피를 들고 일어났다.

별달리 갈 데가 없어서 남미는 다시 아파트단지로 돌아왔다. 주차장과 쓰레기장이 있는 아파트단지 뒤편을 가로질렀고, 한 집의 불이 켜질 때 한 집의 불이 꺼지는 것을 보았다. 방금 뭔가 깨달은 것 같은데, 남미는 생각했다. 바람이 불었고 머리카락에서 고기 탄 냄새가 났다. 커피는 금세 식었고, 코가 간지러웠다. 아파트주차장 너머로 산을 깎아 만든 체육공원으로 가는 비탈길이 보였다. 남미는 슬리퍼를 신고 있어서 발이 몇번 미끄러졌지만, 천천히 그 길을 걸어 올라갔다. 공원에는 바람이 더 심하게 불었다. 골목의 가로등빛과 큰길의 자동차 불빛들이 점점이 내려다보였고, 산에서 소나무 냄새가 내려왔다. 물병을 든 여자가 귀에 이어폰을 꽂은 채 큰 소리로 이야기하면서 지나갔다. 벤치에 몸을 웅크리고 자고 있는 사람이 보였다. 남미는 장바구니에서 즉석밥 하나를 꺼내 남자의 발밑에 두고 공원을 내려왔다.

집에 들어가자 조오와 남자는 맥주캔을 앞에 두고 식탁에 마주 앉아 있었다. 조오는 일본 자동차 이야기를 하고 있었다. 조오는 일본에 관해 많이 알고 있었다. 외국에서 한국 자동차 좀 팔렸다고 해도 한국이 일본 기술은 못 따라가요. 조오가 말했다. 남자는 조오의 말을 잘 들어줬다. 남미는 식탁으로 다가가 장바구니를 남자와 조오 사이에 올려놓았다. 조오는 남미를 물끄러미 올려다보았고 남미는 남자를 보았다. 형광등빛을 내려 받은 남자의 얼굴은 골과 윤곽이 뚜렷하게 살아났다. 보기 좋은 얼굴이라고 남미는 생각했다. 조오는 말을 멈추는 법을 잊은 사람처럼 계속 떠들었다. 남자는 오른손 중지에 굵은 반지를 끼고 있었다. 남자의 오른손이 턱을 괴고 있다가 아래로 내려갔다. 식탁 아래에서 남자는 천천히 주먹을 쥐었다 폈다. 남미는 조오에게 그만하라고 말하려 했다. 모른 척하지 마, 오빠가 뭘 할 수 있다고 착각하지 마. 이 남자는 그냥 없어지지 않을 거야. 여기 식탁처럼 다리를 내리고, 움직이지 않을 거야. 남미는 그런 말들을 하고 싶었다.

하지만 그 모든 말 대신 조오의 어깨를 꾹 쥐었다 놓았다.

남미는 장바구니에서 돈을 꺼내 남자에게 건넸다. 남자는 감사합니다,라고 말하더니 곧바로 돈을 세어봐도 되겠냐고 물었다. 남미는 그러시라고 하고 싱크대로 가서 손을 씻었다. 남자는 중지에서 반지를 빼서 엄지손가락에 걸치고 엄지손가락으로 돈을 세기 시작했다. 남자는 남미가 처음 듣는 언어로 수를 세었다. 지폐가 탁탁 젖혀지는 소리와 남자의 목소리가 묘한 리듬을 띠었다. 남미는 조오의 입술이 조용히 달싹이는 것을 보았다. 아마도 자신에 대한 욕이겠지, 남미는 생각했다. 남자는 남미에게 쇼핑백이 있냐고 물었고 남미는 부엌 서랍에서 죽이 그려진 봉투를 주었다. 남자는 봉투에 돈을 담고 일어섰고 현관에서 신발끈을 조이고 단단하게 묶었다. 남자가 가볍게 목례하고 나가자 조오는 현관문의 체인을 걸고 몇번 잡아당겼다. 쇠줄이 철문을 치는 소리가 너무 크게 들렸다.

남미는 오랫동안 씻었다. 손가락이 물에 불어 주름이 졌다. 샤워를 마치고 배수구에 걸린 머리카락을 하나씩 세어가며 변기에 버렸다. 머리카락이 점점 많이 빠지는 것 같았다. 화장실 문 너머로 방청객의 웃음소리가 들렸다. 남미는 변기에 앉았지만 소변이 나오지 않았다. 남미는 그

대로 앉아서 물에 불은 손가락을 바라보았다. 조금 징그
럽고 이상했다. 익사한 시체를 보는 기분이랑 비슷할까?

수영은 그 호수에서 건져 올린 시체를 본 적 있다고 했
다. 수영은 어려서 원인불명의 자가면역질환을 심하게 앓
았는데 관절마다 붓고 염증이 생겨서 병원 침대와 안방
침대를 오가며 누워서 지냈다. 그때는 꿈과 현실을 구분
하기 어려웠다고 수영은 말했다.

"천장에서 커다란 거미가 천천히 내 얼굴을 향해 내려
오는 장면을 뚜렷이 기억하는데 이게 현실인지 확신하지
못하겠어."

남미는 수영이 봤다는 거미를 크게 그려서 졸업작품으
로 냈다. 수영의 부모님은 평소에 종교를 믿던 사람들이
아니었는데 병원에서 호수에 관한 소문을 듣고 호숫가 마
을을 찾아갔고 곧 그 마을에 정착해서 살기 시작했다. 정
말 호수 때문이었는지는 모르지만, 수영의 병은 붉은 벽
돌집에서 서서히 좋아졌다. 수영은 언제나 그 집에서 나
오고 싶어 했지만 독립을 할 만큼 충분하게 돈을 벌지 못
했다. 순수미술을 전공해서인지 취직하기는 어려웠는데,
취직을 한다 해도 돈을 모으기 전에 항상 직장을 그만둬
야 하는 사정이 생겼다. 회사가 도산한 적도 있었고, 병적

으로 이상한 상사를 만나기도 했다. 수영은 점점 집에 있는 시간이 길어졌다. 남미가 잘 알지 못하는 종교단체 내부의 일들도 있는 것 같았다. 남미는 조오와 함께 대출을 받아 전셋집을 마련하는 과정을 수영에게 자세히 알려줬다. 남미는 이렇게 큰돈을 빚지는 것이 불안하다고 말했고 수영은 다 그렇게 시작하는 거라고 말해줬다. 조오가 기숙사로 내려간 뒤 남미는 수영을 집으로 처음 초대했다. 수영은 그날 어느 때보다 편하고 자연스러운 얼굴로 남미와 조오의 작은 집을 천천히 둘러보았고, 편하게 머물렀다.

김이 빠져나갔고, 남미는 추위를 느꼈다. 물기가 거의 마르고 피부에 닭살이 돋았다. 조오는 침대에 누워서 휴대폰을 높이 들고 일본 코미디쇼를 보고 있었다. 조오는 조그만 목소리로 개그맨의 말을 따라했다. 소카, 모시레 마센.

조오는 일본에 가서야 일본어를 배우기 시작했다. 왜 일본으로 갔냐고 남미는 물었었다. 후쿠시마 대지진 이후 일본에 워킹홀리데이를 가려는 사람이 줄어 비자가 잘 나온다는 이야기를 들어서라고 조오는 대답했다. 남미는 그때의 이야기를 자주 물었다. 조오는 늘 별로 힘들지 않았다고, 한국인이 운영하는 우동가게에서 일하고 저녁에는 일본어 공부를 한 뒤 맥주를 마시고 잠드는 일을 반복하다 왔다고 말했다. 남미는 조오가 솔직한 사람이 아니라는 것을 알았고 그 점이 좋았다. 조오는 자기가 일본어를 배우기 위해서 얼마나 노력했는지 말하지 않았지만 일본어를 까먹지 않기 위해 전혀 웃지 않으면서 일본 코미디쇼를 보는 사람이었다. 남미는 조오를 깊이 사랑한다고 느낀 적은 없었지만 조오와 함께 있으면 제자리에 있는 것 같은 느낌이 들었다. 조오는 자기 자리를 찾는 데 능숙했다. 남미가 극단에서 일하면서도 여기가 아닌데, 이런 삶을 살려고 그림을 시작한 게 아닌데, 하고 생각하는 동안 조오는 공장에서 일하는 데 아무런 불만이 없는 듯 보였다. 처음에 남미는 조오가 잘 감춘다고 생각했다. 그런데 이게 아닌데,라는 생각이 다시 들기 시작했다. 이 남자는 실은 감출 게 하나도 없는 것이 아닌가? 정말로 페인트 공장에 만족하고 있는 것이 아닌가?

남미가 속옷을 입고 기초 화장품을 바르는 동안 영상이 끝나고 주위가 조용해졌다. 조오는 술을 꽤 마셨지만 취해 보이지 않았다. 거울 너머로 조오가 남미를 봤고 남미도 조오를 봤다.

*

　일요일 아침 뉴스에서 오늘은 미세먼지 농도는 좋지 않지만 햇살이 좋은 가을날이 될 거라고 예보했다. 남미는 아침을 준비했고 조오는 청소를 했다.

　"어디 멀리 나갈까?"

　청소기를 다용도실에 넣으며 조오가 말했다.

　"어디?"

　남미가 물었다.

　"갈 데가 없을까봐."

　"그러니까 어디?"

　"너 가고 싶은 데 가자."

　"가고 싶은 데 없는데."

　"한강이라도 갈까?"

　"한강 가서 뭐 해?"

　"그냥 있는 거지. 가서 치킨 시켜 먹을까?"

　"밥 먹어."

　그들은 함께 김이 오르는 즉석밥을 먹었다. 밥이 너무 뜨거운 거 아냐? 조오가 말했고 채식이나 해볼까봐. 남미가 말했다. 남미가 식탁을 치우는 동안 조오는 휴대폰으로 한강공원의 주차장과 먹을거리를 검색했다. 공원에서 무언가를 먹고 있는 가족들의 사진이 나왔다. 젊은 연인들의 사진도 봤다. 나란히 뻗은 맨다리와 맨발을 찍은 사진을 조오는 다른 사진들보다 오래 봤다. 사람의 발은 자세히 보면 이상하게 생겼어. 조오가 남미에게 말했다. 남미는 조오의 말에 아무런 대꾸 없이 행주를 뜨거운 물에 빨아 널은 뒤 음식물쓰레기를 버리러 나갔다. 조오는 한강공원 위를 넓게 한바퀴 돌며 드론으로 촬영한 영상을 봤고 드론의 가격을 검색했다. 어제 뺏긴 돈으로 두세개는 살 수 있었다. 조오는 남미가 모든 걸 망쳤다고 생각했다. 어차피 불법적인 일이고, 그 외국인은 조오보다 덩치도 작았다. 결혼하고부터 남미는 자기 말을 전혀 듣고 있지 않는 것 같았다. 남미가 들어왔다. 조오는 남미에게 도시락을 쌀 수 있겠냐고 물었다. 남미는 도시락 용기부터 다 사야 한다고 말했다. 집에 왜 도시락통이 없어? 조오가 물었다. 남미는 대답하지 않았다.

조오가 차를 빼는 동안 남미는 하늘을 봤다. 아스팔트 바닥의 돌 부스러기들을 봤고 건너편 아파트를 봤고 헬멧을 쓰고 자전거를 탄 여자아이들을 봤다. 햇빛이 밝았지만 사물들이 계속 멀어지고 있는 것 같았다. 조오가 창문을 내렸고 남미가 창문을 올렸다. 라디오에서 클래식이 나왔고 조오는 채널을 이리저리 맞춰보다가 라디오를 껐다. 오랜만에 나오네. 조오가 말했다. 어제도 나왔잖아. 남미가 말했다. 우리 둘이. 조오가 말했다. 남미는 대꾸하지 않았다. 그들은 한강공원에 가서 은박 돗자리를 샀다. 그동안 우리 집에 돗자리도 없었네. 조오가 중얼거렸다.

그들은 돗자리를 펴고 나란히 앉아서 움직이는 사람들을 봤다. 흐린 강물과 그늘진 건물들과 철교 위의 자동차들을 봤다. 걷는 사람들과 자전거를 타는 사람들과 달리는 사람들과 음악을 듣는 사람들과 이야기하는 사람들을 봤다. 강아지와 비둘기떼를 봤다. 중절모를 쓴 노인이 큰 소리로 노래를 부르면서 지나갔다. 히스패닉계로 보이는 여자와 남자가 운동복을 입고 뛰어갔다. 조오는 방금 지나간 남자가 어제 왔던 남자 같다고 남미에게 말했다. 남미는 조오가 잘못 봤다고 말했다.

"인종이 달라."

"네가 어떻게 알아."

"맞으면 뭐 어떡할 건데."

"확인은 해야지. 범죄자 주제에 대낮에, 그럼 안 되니까."

하지만 조오도 남미도 그 외국인들이 시야에서 사라지고, 바람이 점점 차가워지고 해가 질 때까지 돗자리 위에서 일어나지 않았다. 주말이 끝났다.

대체 근무

단강에게 연구실에 불이 났다고 전해준 선배는 문장 끝에 습관처럼 느낌표를 붙이던 사람이었다. 조심히 들어가! 걔 진짜 쓰레기다! 그런 말들을 할 때처럼 선배는 새벽에 랩실에 불났대! 하고 문자를 보냈다. 문자를 확인하고 단강은 다시 눈을 감았다. 눈앞에서 불꽃이 튀었다. 연구실 안에 있는 수많은 화학물질이 각기 다른 발화점에서 색색으로 폭발하고 있었다. 한겨울 늦은 새벽이었기 때문에 연구실에 사람이 있었으리라고는, 특히 아내가 항암치료 중이라 자리를 자주 비우던 지도교수가 남아 있었을 줄은 아무도 생각하지 못했다. 불은 크고 작은 연쇄폭발로 이어지며 연구동을 전소시킨 후에야 잡혔고 발화점으로 추정된 분석실에서 교수의 시체가 발견되었다.

교수의 장례식에는 병원에 입원 중인 아내도 미국에서

유학 중인 자식들도 오지 못했다. 직계가족으로는 아흔이 넘은 듯한 노모만 자리를 지키고 있었다. 눈꺼풀이 늘어진 눈을 천천히 깜빡이면 눈물이 조금씩 새어 나왔다. 교수가 외아들이라고 했다. 노모는 주변에서 사람들이 말을 걸어도, 물을 갖다줘도 아무 반응 없이 눈만 깜빡였고, 그럴 때마다 어김없이 눈물이 나왔다. 졸업논문 심사를 앞두고 있던 선배들은 말없이 육개장에 소주를 마셨다. 고추기름이 겉도는 국물을 떠먹는 동안 단강의 머릿속에서는 쉬익—펑, 하고 폭죽이 쉴 새 없이 터졌다. 단강은 생각했다. 그러고 보니 한번도 불꽃놀이를 직접 본 적 없다고.

*

단강에게 대체 근무 자리를 소개해준 사람도 선배였다. 석사 휴학도 가능하대! 단강은 주말마다 수학·과학 전문 학원에서 강의를 하고 있었다. 지방 산업도시에 위치한 대학교의 대기환경 연구소에서 석사과정을 시작하면서 근처에 방을 얻었는데 연구실 월급으로는 생활이 불가능했다. 2학기를 마치고 단강은 지도교수에게 상담을 신청해 휴학하고 싶다고 말했다. 교수는 이유를 물었고 단강은 쉴 시간이 필요하다고 답했다. 교수는 안경을 고쳐 올리며 주말에 뭐 하고요?라고 되물었다. 단강은 일을 한다고 말하려고 했다. 작은 학원에서 많은 일을 한다고, 집값이 비싼 동네라서 그런지 애들도 부모도 자기를 무시하는 것 같다고. 교수는 단강의 말을 기다리지 않고 말했다.

"힘들면 강이나 호수를 보러 가세요. 바다는 좀 멀고. 물을 보면 도움이 돼요."

단강은 교수의 두꺼운 면양말과 실밥이 터진 슬리퍼를 보고 있었다. 교수의 발이 이따금 까딱거렸다. 단강도 고개를 끄덕였다.

교수가 죽은 뒤 단강이 휴학을 하고 싶다고 했을 때 이유를 묻는 사람은 아무도 없었다. 선배가 소개한 일은 지방정부 산하기관의 행정보조 자리였고, 육아휴직 대체 근무로 1년짜리 단기계약이었다. 근무지는 자취방에서 버스로 30분만 가면 나오는 소도시에 있었다. 단강은 별 기대 없이 면접을 봤고 일주일 후에 문자로 합격 통보를 받았다.

*

　전임자는 단강에게 하루 동안 인수인계를 해주고 떠났다. 루틴에서 벗어나는 일은 거의 없어요. 사람들이 똑같은 질문을 반복하는 게 지겨울 수는 있지만. 전임자는 말했다. 단강은 일별, 월별, 분기별로 정리된 업무보고를 보면서 똑같은 일을 1년, 2년, 3년 그리고 30년을 하게 된다면 어떨지 상상해보려 했다. 전임자는 출산 예정일을 6주 앞두고 있었고 팔다리가 말라서 크게 부풀어오른 배가 비현실적으로 보였다. 긴 머리를 느슨하게 묶었고 얼굴은 모든 곳이 둥글었다. 어디선가 본 적이 있는 것 같았는데 무난한 인상 때문인 듯싶었다. 단강의 주 업무는 대기오염과 관련된 화학물질을 다루는 공장과 시설의 각종 인허가 서류를 중앙기관에 제출하기 전에 검토하는 것이었다. 직속 상관은 윤 주사였는데 그날 서울로 출장을 갔다고 했다. 전임자의 책상은 치울 것도 없이 깨끗했다. 전임자는 여섯시가 되기 전에 아무에게도 인사하지 않고 사무실을 나갔다.

　점심은 주로 단강의 옆 책상을 쓰는 남자와 윤 주사와 함께 먹었다. 남자는 화학안전 관리 조사원이라고 했고 사람들은 그를 김 조사관이라고 불렀다. 화학물질을 다루는 시설에 안전점검을 나가거나 사고가 일어나면 현장조사를 간다고 했다. 남자는 잘 관리된 몸을 자연스럽게 드러내는 셔츠와 청바지를 주로 입었다.

아 거기, 엉망이었지. 윤 주사가 단강을 소개하며 석사과정을 밟고 있는 연구소를 말하자, 남자는 그렇게 말했다. 남자는 또 말했다. 임 주임은 우리랑 밥 먹기 싫어서 따로 먹는데, 단강씨는 우리 같은 아저씨 둘이랑 밥 먹어도 괜찮겠어? 남자는 자신이 키가 작고 머리도 벗어지고 있는 윤 주사와 결코 똑같아 보이지 않는다는 걸 잘 알고 있었다.

사무실에는 여자들도 있었다. 낮은 이동식 가림막 너머 책상 네개가 둘씩 마주 보고 놓여 있는데, 여자 연구원들 자리였다. 여자 연구원들은 일주일에 한두번 단강을 남자들로부터 구해주려는 듯이 사내 메신저로 오늘은 우리랑 먹어요,라고 쪽지를 보내왔다. 모두 미혼이었고 영어를 잘했다. 일종의 해외팀으로 외국의 화학물질 관리에 대해 조사하고 수출 기업에게 알려주는 일을 한다고 했다.

처음 함께 점심을 한 날에는 한 연구원의 차를 타고 시외곽의 저수지까지 나가서 파스타를 먹었다. 저수지 주변에 억새풀이 많아 가을에는 사람들이 많이 온다고 했다. 미세먼지가 심한 봄날이었고 물은 어두웠지만 반짝였다. 빈 나룻배가 물 위에서 잘게 흔들리고 있었다. 연구원들은 단강에게 일은 어떤지 물었다. 단강이 전임자분이 정리를 잘해주고 가서 괜찮다고 하자 운전을 했던 연구원이 다른 사람들과 눈을 한번씩 마주치고 말했다. 인수인계는 잘해줬나보네.

단강은 일에 금세 익숙해졌다. 일은 단조롭고 통제하기 편했다. 전임자가 처리했다 반려된 서류에서 누락된 사항이나 불일치하는 날짜들을 찾아내는 것도 만족스러웠다. 사람들도 친절한 편이었다. 가끔 저수지까지 가서 터무니없이 비싼 점심을 먹는 것도 나쁘지 않았다. 일하면서 만난 사람들은 모두 깔끔한 옷을 입었고 사는 모습도 서로 크게 다르지 않은 것 같았다. 주름이 매끄럽게 정돈된 삶. 보풀이 인 옷은 버리고 새 옷을 살 수 있는 삶. 단강도 그런 사람들처럼 보이고 싶었다. 단기계약직이더라도 당분간은 그런 삶을 누릴 수 있다는 것에 만족했다. 전임자가 돌아오기 전까지는, 잠시 착각할 수 있었다.

전임자가 복귀한다는 사실을 단강은 사무실에서 가장 늦게 알았다. 여자 연구원들과 함께 점심을 먹고 커피를 사서 사무실에 돌아오는 길이었다. 누군가 임 주임, 다음 주 출근 맞죠,라고 말을 꺼냈다. 단강은 처음 듣는 얘기였지만 모두 단강이 당연히 안다고 생각하는 듯했다. 단강은 대화에 끼지 않고 주의 깊게 들었다. 2주 전쯤 전임자가 윤 주사에게 따로 전화해 육아휴직을 조기 종료하고 복직하고 싶다고 밝혔고 벌써 다음 주에 출근하기로 되어 있다고 했다.

"출산한 지 이제 백일 좀 넘은 거 아닌가?"

누군가 말했다.

"독하다. 프로필에 아기 사진도 없던데."

다른 누군가 말했다.

"툭하면 조퇴하던 사람이 웬일이래."

또다른 누군가 말했다. 단강씨는 모를 텐데, 임 주임이 일을 단강씨처럼 야무지게 못해. 우리랑은 겹치는 게 별로 없는데 주사님이 그동안 힘들었을 거야. 단강씨, 주사님한테 뭐 들은 거 없어요? 누군가 단강에게 물었다. 곧 그들은 건물에 들어섰다. 다들 에어컨 바람이 약하다고 한마디씩 하느라 단강은 대답하지 않고 사무실까지 갈 수 있었다.

*

　윤 주사는 그날 오후에 단강을 빈 회의실로 불러냈다. 이럴 줄 알았으면, 학원을 안 그만뒀지. 단강은 윤 주사와 마주 앉아서 생각했다. 단강은 연구실에서 석사학위를 딴 뒤, 대기오염 저감장치를 연구하는 기업에 들어갈 계획이었다. 단강이 초등학교에 들어가기 전에 부모가 이혼을 하면서 단강은 꽤 오래 외할머니네 집에 맡겨졌었다. 산자락의 작은 마을이었는데 근처에 굴뚝에서 흰 연기가 쉴 새 없이 나오는 비료 공장이 있었다. 단강은 거기서 기관지 염증성 천식을 얻었고 엄마의 집과 아빠의 집을 오가면서 학교를 다니는 동안 끈질기게 기침했다. 기침을 오래 하면 온몸의 뼈가 뒤틀렸다. 어깨뼈, 목뼈, 척추, 골반까지.

　단강은 부모가 모두 반대했음에도 석사학위를 받고 싶었다. 대기업의 연구소에 들어가고 싶었다. 흰 가운을 입고 공장에서 내뿜는 매연 따위 맡아본 적도 없는 듯한 얼굴로, 자기를 아프게 한 세상을 조금이라도 나은 곳으로 만들고 싶었다. 하지만 겪어보니 기관에서의 일이 나쁘지 않았다. 어쨌든 공공기관에는 권위라는 게 있었다. 지금은 계약직이지만 전임자가 그렇게 무능하다고들 하니, 혹시 모르지 않나, 하는 생각도 들기 시작했다. 그런데 전임자가 5개월 만에 돌아온다니.

윤 주사는 단강에게 전임자의 복귀 소식을 들었는지 물었다. 단강이 고개를 끄덕이자 윤 주사는 일이 그렇게 되었네요,라고 가볍게 말했다. 뭐, 크게 달라질 건 없을 거예요. 우리도 이런 일은 처음이지만 직책만 사무보조로 돌려놓은 거지. 단강은 고개를 끄덕이다 멈췄다. 그만두지 않아도 되나? 윤 주사는 웃었다.

"요새 계약직 함부로 못 해."

일 어려운 건 없죠? 임 주임 오면 업무 분배 잘해달라고 하세요, 하고 말하며 윤 주사가 먼저 일어났다. 윤 주사가 나가고 단강은 잠시 빈 회의실에 앉아 있었다. 휴대폰으로 광고 메시지를 지우다가 전임자의 메신저 프로필 사진을 찾아봤다. 여자 연구원들 말대로 아기 사진은 없었다. 프로필은 기본 이미지였지만 과거 사진들은 남아 있었다. 가장 최근 것은 해가 지는 바닷가에서 챙이 넓은 라탄 모자를 쓰고 흰 원피스가 바람에 부풀어오른 실루엣이 담긴 사진이었는데 원피스 폭이 넓어서 임신 중인지는 알 수 없었다. 그뒤는 유채꽃밭에서 마스크를 쓰고 선글라스까지 낀 채 찍은 사진이었고 그 사진을 넘기자 결혼 화보가 나왔다.

화보 속의 전임자 얼굴은 오히려 낯설었는데 그 옆에서 웃고 있는 남자의 얼굴을 단강은 알아보았다. 대기업 정유사로 들어간 연구실 선배였다. 단강은 선배의 결혼식에 갔었다. 결혼식에서 부인도 전공이 화학공학이라고 했고 공공기관에서 일한다는 말을 들었던 기억이 났다. 선배가 일하는 곳은 여기서 차로 세시간은 걸리는 해안도시였다. 주말부부로 지내고 있는 걸까.

선배는 단강이 연구소에서 첫 학기를 시작할 때 마지막 학기 중이었고 논문심사도 마친 후였다. 지도교수가 연구소에서 박사까지 하라고 제안했으나 거절했다는 이야기를 동기에게 건너 들었다. 단강은 그 선배를 담배를 피우지 않는 사람으로 기억했다. 열명 남짓한 연구실 사람들은 대부분 담배를 피웠다. 같이 술을 마시다가 누군가 담뱃갑을 챙겨서 일어나면 하나둘 사라지고 단강과 그 선배만 남았다. 그들은 서로를 의식하지 않아도 된다는 듯 각자 휴대폰을 보면서 사람들이 돌아오기를 기다렸다. 선배가 취직과 동시에 결혼 소식을 알리고 청첩장을 전해주던 날에도 사람들은 담배를 피우러 일어났다. 역 근처

이자카야였고, 구석 테이블에서 혼자 사케 한병을 놓고 마시던 여자를 제외하면 가게에는 아무도 없었다. 단강은 늘 그랬듯 휴대폰을 보면서 사람들이 돌아오기를 기다리고 있었는데 바람 빠지는 듯한 웃음소리가 들렸다. 선배였다. 선배가 휴대폰을 보며 숨을 삼키듯 웃고 있었다. 선배의 웃음은 좀처럼 그치지 않았다. 미친년. 웃음 끝에 선배는 그렇게 말했다. 선배의 결혼식에서 어깨를 드러낸 드레스를 입은 신부를 보면서 단강은 선배가 어떤 사람인지는 잘 모르지만, 그날 무해한 이야기를 보고 웃었던 것이기를 바랐다.

*

전임자의 복귀 전날 사무실 사람들은 수군거렸다. 전임자의 아기가 죽었다고. 조기 복귀 사유서를 본 사람이 있었다. 사유란에 영아 사망이라고 적혀 있었다고 했다. 그날 점심 단강은 연구원들과 함께 구내식당을 갔다.

"가끔, 아기들이 죽기도 하더라고요. 아무 이유 없이."

누군가 말했다. 정말 아무 이유가 없을까. 다른 누군가 말했다. 우리가 알지 못할 뿐, 이유야 있겠지. 아기가 언제 죽었을까요. 임 주임 임신 초기에 되게 고생했는데. 한 번은 하혈한다고 중간에 주사님께 보고도 없이 바로 병원 갔었잖아. 사실 임신기간 내내 몸이 좋았던 적이 없었지. 당일 연차도 자주 쓰고…… 안됐다. 안됐네요. 무서운 일이네. 좀더 쉬어야 할 것 같은데. 쉬는 게 본인에게도 좋을 텐데.

단강은 쓰던 책상을 다시 임 주임에게 내주었다. 임 주임의 책상 맞은편에 서류가 쌓인 빈 책상이 있었는데 단강이 거기 있는 서류를 정리해서 서고에 넣고 먼지 쌓인 책상을 닦아서 써야 했다. 임 주임은 리넨 원피스에 얇은 카디건을 걸치고 아홉시가 조금 넘어서 사무실에 들어왔다. 김 조사관은 자리에 없었다. 임 주임은 단강에게 가벼운 눈인사만 하고 윤 주사 자리로 가 목례한 뒤 자리로 돌아왔다.

그날 임 주임은 점심시간이 시작되기 전에 먼저 자리에서 일어났고 모두가 사무실에 복귀한 후에 들어왔다. 윤 주사가 분배한 서류 처리를 단강은 미리 끝내놓았는데 임 주임은 그주가 지날 때까지 마무리하지 못해서 단강이 나눠 가져가야 했다. 단강이 일을 거의 다 처리했을 때는 임 주임이 복귀한 지 2주가 지나 있었고 임 주임은 하루에도 몇번씩 자리를 비웠다. 거의 매일 점심은 윤 주사와 단둘이 먹었다. 임 주임은 점심에 혼자 먼저 나갔고 김 조사관은 장기 출장 중인 듯했다. 하루는 윤 주사의 차를 타고 생선구이집으로 갔다 돌아오는 길에 단강이 말을 꺼냈다. 윤 주사가 오늘도 고등어를 굽느라 미세먼지에 일조했네,라고 농담을 꺼내서 단강이 짧게 웃은 후였다.

"저, 임 주임님은 업무 복귀를 천천히 하시는 건가요?"

"임 주임이 지금 정신이 좀 없을 거야. 좀 기다려봐요. 내가 얘기는 해놓았으니까."

윤 주사는 단강이 이런 이야기를 꺼낼 줄 알았다는 듯 단숨에 말했다. 단강은 한 분기가 지나가는 동안 임 주임이 돌아오기 전과 마찬가지로 일했다. 임 주임은 문의전화가 오면 단강에게 돌렸다. 사무실 사람들은 필요한 서류가 있으면 단강에게 물어봤다. 사무보조라는 직책을 달고 실무는 모두 단강이 하고 있었다. 임 주임은 여전히 자리를 자주 비웠고 단강의 뒤를 지나갈 때면 모니터를 흘깃 보고 갔다. 여자 연구원들과 밥을 먹으면서 단강은 말했다.

"일하러 온 사람 맞는지 모르겠어요. 이래서 사람들이 공무원들이 세금 받고 아무것도 안 하는 줄 아는 거 아닐까요?"

연구원들은 단강의 말에 고개를 끄덕였지만 평소와 달리 임 주임에 대한 말을 덧붙이지는 않았다.

*

다음 날 단강은 점심을 혼자 먹었다. 윤 주사는 회의에 들어갔다 사무실로 돌아오지 않았고 여자 연구원들은 단강에게 점심 맛있게 먹으라는 인사를 평소같이 건넨 뒤 몰려나갔다. 임 주임은 열한시쯤부터 자리를 비우고 점심시간까지 돌아오지 않았다. 단강은 구내식당에서 묽은 된장국에 마른 생선과 밥을 먹고 건물을 한바퀴 돌았다. 건물 뒤편에 작은 공원이 있었다. 석조 분수대가 꽤 크게 있었는데 물 절약 공문이 내려온 이후로 가동되지 않았고 빗물만 고였다가 마르곤 했다. 여름이면 고인 물에서 썩은 냄새가 심하게 나서 사람들이 아무도 오지 않는 곳이었다. 단강은 그 냄새에 이끌렸다. 냄새가 있다는 것은 공기 중에 화학적 분자가 있다는 뜻이었다. 아무것도 없는 것보다는 무엇이라도 있는 게 좋지 않나.

원형 분수대 반대편에서 누군가 통화 중이었다. 단강은

뒤돌아 가려다 잠시 분수대에 앉아서 귀 기울였다. 임 주임이었다.

"응, 같이 먹었지. 다 먹었어. 지금 커피 사러 잠깐 나왔어. 응, 오빠도."

통화는 짧게 끝났다. 그리고 임 주임이 먹은 것을 게워 내는 소리가 들렸다. 요란한 소리도 신음도 없이 단조롭게 음식이 식도를 거슬러 올라 밖으로 쏟아져 나오는 소리뿐이었다. 달고 시큰한 냄새가 분수대 너머를 돌아 단강에게도 닿았다. 단강이 최대한 소리를 내지 않고 돌아가려는데 임 주임의 목소리가 들렸다.

"우리 남편이랑 같은 연구소에 있었다면서요."

단강은 그대로 분수대에 엉덩이를 걸치고 앉았다. 임 주임도 단강 쪽으로 오지 않았다.

"네, 그리고 보니 저희 교수님 장례식장에서 못 뵀네요."

단강은 지도교수의 장례식 날 선배를 보지 못했다는 게 갑자기 생각나 말했다.

"단강씨, 아내가 임신 중인 사람이 장례식을 어떻게 가요."

임 주임이 단강을 꾸짖듯 말했다. 마치 그렇게 조심한 덕분에 모든 것이 잘 흘러가 건강한 아기와 함께 행복한 가정을 누리고 있는 사람처럼.

"단강씨 혹시, 윤주영이라는 사람이랑 친해요?"

단강에게 일을 소개해준 선배였다.

"그런 편인 것 같아요."

"어떻게 생겼어요?"

"네?"

"생김새요. 얼굴이랑 키, 체형이 어떻냐구요."

"생각해본 적이 없어서⋯⋯"

단강에게 윤 선배는 목소리가 높고 언제나 무언가를 하고 있는 사람이었다. 끊임없이 사람들이랑 약속을 잡고, 후배들에게 밥을 사주려고 하는 사람. 어머니가 부동산을 오래 하셨고 선배 본인 명의의 건물도 몇채 있다는 이야기를 누군가로부터 들었다. 단강이 그 사람에 대해 기억하는 것은 이런 것들뿐이었다. 선배의 얼굴도 바로 떠오르지 않았다.

"키 커요?"

"보통이요."

"눈은 커요?"

"크지도 작지도 않아요."

"단강씨는 제가 한심해 보여요?"

단강은 오히려 그 질문을 되돌려주고 싶었다. 내가 얼마나 만만해 보이면 이런 질문을 하는 거지? 내가 단기계약직이고 다시 볼 일 없다고 생각하니까 나한테 자기가어떻게 보일지 신경 쓰는 척도 안 하고 이런 수준 낮은 질문을 할 수 있는 것 아닌가? 단강은 윤 선배와 임 주임의남편이 된 선배가 사귀었다는 것을 그들이 이미 헤어진후에 알았다. 단강은 어떤 소문이나 소식에 항상 늦는 편이었다.

단강이 대답하지 않자 임 주임도 말이 없었다. 다시, 임주임이 토하는 소리가 들렸다. 무심코 컵에 든 물이 쏟아지는 것처럼 무언가 아무런 저항 없이 주르륵 쏟아지는소리가 났다. 아주 오랫동안 되풀이된 일처럼 안정감마저느껴지는 소리였다. 단강은 어쩔 수 없이 그 소리와 냄새를 향해 분수 반대편으로 다가갔다.

임 주임이 분수대 안으로 노란 위액을 게워내고 있었다. 단강은 임 주임의 등을 둥글게 쓸어내렸다. 등뼈의 마디가 만져졌다. 임 주임은 단강을 보지도 않고 몸을 더욱움츠렸다.

"점심시간마다 여기 오세요?"

단강이 물었다. 임 주임은 아무 말없이 입을 손등으로

닦아냈다.

"저도 들은 얘기지만, 힘들 땐 물을 보면 좋대요. 이런 더러운 물 말고요. 강이나 바다 같은."

"그런 말을 믿어요?"

임 주임이 약간 쉰 목소리로 물었다.

"물론 안 믿죠."

임 주임과 단강이 맥없이 웃었다.

*

오랫동안 자리를 비웠던 김 조사관이 얼굴 한쪽에 큰 거즈를 붙이고 돌아왔다. 윤 주사의 차를 타고 셋은 저수지가 보이는 칼국숫집에 갔다. 김 조사관은 암모니아 탱크 누출로 연쇄폭발 사고가 일어난 화학비료 공장에서 사다리에 올라 라이다로 탱크 내부의 3D 스캐닝을 하던 중에 넘어졌다고 했다.

"제가 손에 비싼 라이다 장비를 들고 있었거든요. 보통 그런 상황에서는 팔을 받쳐서 상체가 바닥에 닿기 전에 스스로를 보호하는데 저는 장비가 깨질까봐 제 몸을 던진 거죠."

김 조사관은 진심으로 자신이 자랑스럽다는 듯이 한쪽 입꼬리를 끌어올렸다. 산재 처리가 완료되면 사고에 대한 후유증을 사유로 유급휴가를 쓸 계획이라고 말하며 칼국수를 후후 불었다. 그리고 입을 크게 벌리는 게 불편하다며 면을 한가닥씩 빨아들였다. 면이 입술에 부딪치며 국물을 튀기고 올라가는 모습을 단강은 물끄러미 보다가 입맛을 잃었다.

단강은 자주 점심을 혼자 먹고 분수대로 갔다. 낙엽이 분수대의 고인 물에 까맣게 젖어서 떠다니고 바람이 차가워졌는데도 분수대 뒤편에는 거의 항상 임 주임이 있었다. 단강은 임 주임의 반대편에 앉아서 휴대폰으로 뉴스를 보거나 가끔은 충동적으로 옷이나 책을 샀다. 임 주임도 단강도 아무 말도 하지 않고 앉아 있다 서로 다른 시간에 일어나곤 했다. 하지만 임 주임이 토할 때마다 단강은 자리를 피하는 대신, 임 주임의 등을 쓸었다. 뾰족한 등뼈에 손바닥이 찔리면서도.

바람이 거세진 아침, 윤 주사가 단강과 임 주임을 불렀다. 임 주임과 단강이 나란히 윤 주사의 책상 옆에 섰다. 김 조사관이 맡았던 폭발사고 현장에 하루 출장을 다녀와야 할 것 같다고 했다. 제출된 보고서에 누락된 내용이 있는데 직접 가서 확인하고 서류를 작성해야 한다고 했다. 아무래도, 혼자 가는 것보다는 둘이 가는 게 낫겠죠? 요새 둘이 친해 보이던데. 윤 주사가 말했다. 단강은 윤 주사의 말에 기분이 나빠졌다. 자기가 이 사무실에서 임 주임과 같은 취급을 당하고 있다는 말이나 다름없었다. 단강은 여전히 임 주임이 해야 할 일까지 하고 있는데다가 이제는 임 주임의 등을 쓸어주기까지 하는데도, 같은 취급이라니. 임 주임은 별말 없이 고개를 끄덕여 보였다. 그리고 출장비와 교통편, 챙겨가야 할 장비 등 사무적인 것들을 묻기 시작했다. 누가 보면 일을 열심히 하는 사람 같았다.

단강과 임 주임은 버스를 두번 갈아타고 시 외곽의 공업단지로 갔다. 김 조사관이 누락한 점검표를 작성하고 사후관리를 확인하고 오면 되는 간단한 업무였는데도 임 주임을 혼자 보내지 않은 것은 임 주임이 못 미더워서라고 단강은 생각했다. 단지는 단강이 생각하던 모습과 달랐다. 막연히 시멘트 벽과 굴뚝을 떠올렸는데 새로 조성된 단지에는 흰 외벽의 말끔한 건물들만 늘어서 있었다.

화학비료 공장은 외벽에 꽃과 과일과 땀을 닦는 농부들이 그려진 벽화까지 있었다. 다만 마스크를 쓰고 있었음에도 공장 입구부터 매캐한 냄새가 나는 듯했다.

큰 문을 지나 부지 안으로 들어가니 양복을 차려입은 젊은 남자가 기다리고 있었다. 남자는 허리를 굽혀 인사했다. 기록 보면 아시겠지만, 저희는 모든 규정을 잘 준수했는데, 사고라는 게 생기려면 생기는 거더라고요. 남자는 말을 길게 늘이며 그들을 공장 안으로 안내했다.

비료 공장의 내부는 깨끗한 외벽과 달리 그을음과 재와 분말과 습기로 엉망이었다. 단강의 생각보다 큰 폭발이었던 것 같았다. 단강이 서류를 작성하고 남자와 이야기를 나누는 동안 임 주임은 그들로부터 한 발자국 떨어져 있었다. 남자와 인사를 하고 공장을 나오는데 임 주임이 허리를 숙였다. 그리고 급히 뒤편으로 뛰어갔다. 단강은 임 주임을 쫓아갔다. 단강은 임 주임이 먹는 것을 한번도 본 적이 없는데도 매번 무언가 나온다는 것이 믿기 힘들었다.

"그만해요."

임 주임이 단강에게 말했고 단강은 등을 쓸던 손을 멈췄다. 임 주임은 주저앉아 고개를 숙인 채 말했다.

"임신했을 때부터 계속 이랬어요. 나중엔 일부러 했어요. 내 몸이 변하는 게 싫어서. 지금은 멈출 수 없게 됐는데 내 탓이니까 괜찮아요."

단강의 손에 임 주임이 숨을 들이쉬고 내쉴 때마다 부풀어오르는 마른 등이 느껴졌다. 단강은 무슨 말인가 하려고 했다. 교수가 했던 것보다는 쓸모 있는 위로를, 실체 있는 말을. 하지만 아무 말도 떠오르지 않았다. 단강은 폭죽 터지는 소리를 들었다.

임 주임의 숨이 조금 잦아들었을 때, 캡을 쓴 젊은 남자가 주위를 서성이다 다가왔다. 그는 김 조사관도 함께 왔냐고 물었다. 김 조사관은 없는데, 무슨 일이세요? 단강이 물었다. 남자는 자신이 공장에서 일하는 사람인데, 사고에 대해 할 말이 있다고 했다. 임 주임이 일어서서 남자를 쳐다봤다. 폭발과 관련해 조사관님들이 아셔야 할 게 있습니다. 남자는 단강과 임 주임을 마주 보도록 공장 담벼락에 몸을 바짝 붙이고 선 채 말했다.

"이건 사고가 아니라 테러입니다. 사고 날 당직을 선 외국인이랑 저는 같은 기숙사 방을 씁니다. 그 친구의 이름은 모하마드입니다. 이름에서 짐작하시겠지만 무슬림이죠. 그는 지령을 받고 한국에 온 이슬람 극단주의 단체 회원입니다. 그날 암모니아 탱크에 무언가 조작을 하는 바람에 폭발한 겁니다. 단순한 실수가 아니에요. 저는 그 친구를 계속 주시하고 있었습니다."

"증거 있어요?"

임 주임이 물었다. 남자는 휴대폰을 꺼냈다.

"그 친구가 다른 외국인 친구와 주고받은 대화를 제가 몰래 녹음한 겁니다. 자기 나라말로 하고 있어서 제가 직접 그 나라말을 하는 한국인에게 음성을 번역해달라고 부탁했고 번역 내용은 여기 문서로 저장되어 있으니 메일로 바로 보내드릴 수 있습니다."

남자는 휴대폰을 임 주임에게 건넸다. 단강은 남자가 헛소리를 하고 있다고 생각했다. 임 주임은 휴대폰 화면을 보고 말했다.

"이게 어떻게 그 외국인이 테러리스트라는 증거가 되죠?"

"보세요. 전부 한국에 대한 부정적인 말과 욕뿐이잖아요."

임 주임은 휴대폰을 남자에게 돌려줬다.

"일단 알겠어요. 보고할 테니 돌아가보세요."

"거짓말하지 마세요."

남자의 목소리가 날카로워졌다.

"김 조사관님에게도 제가 누누이 말했었는데 아무도 신경 쓰지 않은 거 다 압니다."

"그럼 어떻게 할까요? 경찰 불러드려요?"

"정말 이해를 못하시네요."

남자가 머리를 벽에 쿵쿵 찧기 시작했다.

우리나라 경찰이, 쿵, 어디 경찰입니까? 저 같은 사람, 쿵, 말을, 쿵, 누가 들어줄 거 같아요? 머리 찧는 소리가 점점 커지고 빨라졌다. 단강은 임 주임의 얼굴을 살폈다. 공기가 점점 탁해졌다. 어디서 매캐한 냄새가 퍼졌다. 멀리서 사이렌 소리가 들려왔다. 소리는 점점 가까워졌다. 제가, 저한테, 해, 준, 것도, 없는, 나라를, 위해, 이렇게, 이렇게까지, 해야, 하는, 이유, 가, 없어, 요, 단지, 선의, 로, 선의, 로, 이렇, 게, 정보, 를, 모으고, 제, 돈, 으로, 번역, 도, 맡기고, 네, 아무도, 신경, 을, 쓰지, 않으니, 도대체, 어떻게, 되는, 거죠, 이, 나라, 는.

단강은 임 주임의 팔을 잡아끌었다. 상대할 필요가 없는 말이었다. 세상에는 이상한 사람이 많고, 어쩔 수 없이 이상한 일을 겪기도 한다고, 단강은 생각했다. 임 주임은 돌 같았다. 단강이 아무리 당겨도 미동 없이 서 있었다. 단강이 팔을 놓자 임 주임은 천천히 손을 뻗어 남자의 뒤통수와 벽 사이에 대었다. 남자의 머리가 임 주임의 손에 닿았다 멀어지고, 또 닿았다, 멀어졌다. 한동안 남자는 자기

가 벽이 아니라 손에 머리를 찧고 있다는 사실도 눈치채
지 못한 듯했다. 천천히 왕복운동을 하던 남자가 벽 아래
로 미끄러졌다. 남자는 휴대폰을 임 주임에게 건넸다. 한
번만, 자세히 봐주세요. 여기에 모든 정보가 다 있어요. 임
주임은 빨갛게 부은 손으로 남자의 휴대폰을 받았다. 네.
임 주임은 그렇게 말했다.

　단강은 처음으로 임 주임이 괜찮기를 바랐다.

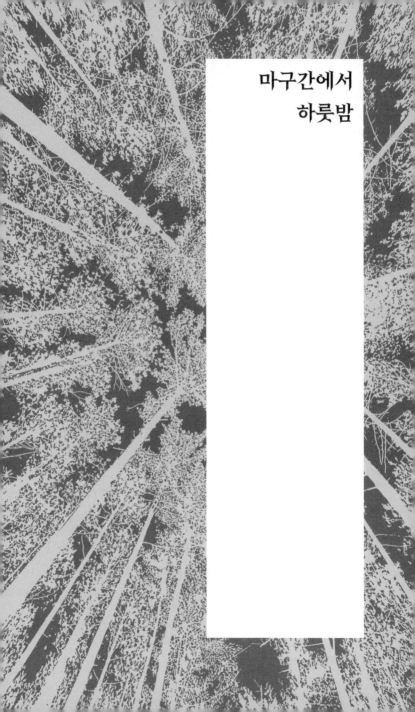

마구간에서
하룻밤

부동산 중개인이 한 노부부와 함께 오후에 별장을 보러 온다고 했다. 문진이 별장을 부동산에 내놓은 뒤 처음 받은 연락이었다. 문진은 새삼스레 별장을 둘러보았다. 들인 가구가 별로 없음에도 길고 단조로운 구조 때문인지 시야가 저절로 좁아졌다. 목재로 마감한 벽은 뒤틀림이 시작되었고 높은 천장에는 나무 들보가 얽혀 있었다. 종종 거미가 들보에서부터 줄을 타고 내려와 마치 문진을 감시라도 하려는 듯 허공에 머물렀다 사라지곤 했다. 문진은 거실에 늘어놓은 책과 이불을 대강 정리하고 언제 마신 건지 기억나지 않는 커피가 말라붙은 머그잔을 부엌 개수대에 가져다 놓았다. 부엌의 큰 창 너머로 뒷마당이 보였다. 막 자란 풀들이 거센 바람에 흔들리고 있었다. 문진은 창을 열었다. 헐렁한 원피스 잠옷이 부풀어올랐고 바람에 피부 각질이 하얗게 일어났다. 문진은 눈을 찡그린 채 어딘가 마비된 사람처럼 바람을 버티며 잠시 서 있었다.

문진은 별장에서 냄새가 난다고 믿었다. 주위가 아주 고요한 날, 바람조차 불지 않을 때면 오래 묵은 목재에 스며든 동물의 분뇨 냄새가 슬그머니 피어올라 문진을 거슬리게 했다. 별장은 마구간을 개조한 건물이었다. 문진의 부모는 언제나 실용적인 사람들이었다. 전혀 실용적이지 못한 별장을 지으면서도.

문진은 항암치료를 마친 후 달리 갈 곳이 없었기 때문에 별장에 내려왔고 갈 곳이 생기지 않았기 때문에 계속 머물렀다. 그래도, 뒷마당 너머 높은 산세를 볼 때면 휴양지에 온 것 같은 기분이 들었다. 이곳으로 잠시 떠나와 있지만 돌아갈 곳이 있는 사람인 것처럼 스스로를 기만하는 게 나쁘지 않았다. 여름이면 근처 펜션에서 관리하는 언덕에 색색의 꽃과 적당히 자란 잔디가 바람에 너울댔다. 그너머로는 좁고 가파른 계곡이 심장박동 같은 소리를 내며 흘렀다. 부엌 창 너머로 펜션의 뾰족한 지붕과 빛이 반사되는 둥근 창이 잘 보였다. 그 펜션에는 항상 웃는 얼굴인 부부와 옥탑방에서 나오지 않는 아들이 살고 있었고 손님은 성수기에도 많지 않았고 오더라도 금세 가곤 했다.

별장은, 아니 마구간은 문진의 외할아버지 것이었다. 문진의 외할아버지는 일본에서 유학했고 장면 정부 때 재무부 차관 밑에서 잠깐 일했던 말 애호가였다. 그는 오로지 그가 소유한 말들을 위해서 산 중턱에 1500여평의 너른 양지를 사고 말들을 거둬 먹이느라 거의 모든 재산을 탕진했다. 마구간을 지으면서 방 한칸을 따로 만들어놓고 한번 가면 거기서 며칠씩 말과 함께 지내다 오곤 했다.

외할아버지는 그 땅을 마구잡이로 5등분해 자식들에게 남겼다. 따로 팔아봤자 아무 가치 없는 땅을 물려주며 유언으로 그 땅과 말을 공동으로 관리해야 한다는 조건을 붙였다. 문진의 엄마는 마구간이 세워진 땅을 받았다. 물론 자식들은 조각난 땅을 한 사람에게 몰아주고 땅을 팔아 돈을 나눠 가지려고 했다. 5남매 중 유일하게 외할아버지가 죽을 때 곁에 있었던 문진의 엄마만 그 계획에 반대했다. 엄마의 땅이 가운데에 있어서 남은 자식들은 가운데가 뚫린 땅을 시가보다 싸게 팔아야 했다. 그 때문인지 문진은 외가 식구들을 거의 보지 못하고 자랐다. 마구간에 있던 열다섯필의 말은 문진이 태어나기 전에 전염병이 돌아 도축했다고 했다.

"내가 너 어렵게 안 살았을 거라고 딱 알아봤잖아."

마구간, 아니 별장에 대한 이야기를 했을 때 순연이 문진에게 했던 말이었다. 문진은 자기가 쉽게 살지도 않았다고 생각했지만 대꾸하지 않았다. 문진은 창을 열어둔 채로 낮은 싱크대에서 어설프게 등을 굽히고 머그컵을 씻기 시작했다. 손이 발갛게 텄다. 식탁 위의 약상자가 눈에 들어왔다. 그 안에는 3년 전에 순연이 문진에게 강매하다시피 팔았던 약이 박스째 들어 있었다. 문진아, 우리 같은 암환자는 이미 세포가 많이 파괴되어서 이 약을 먹어서 세포 재생을 도와줘야 돼…… 순연의 깊고 부드러운 목소리가 뱀처럼 뒷마당의 잡초를 헤치고 다가와 문진의 살에 엉켜오는 기분이 들었다. 문진은 별장을 정리하기 전에 먼저 순연을 정리해야 한다는 것을 깨달았다.

5년 전에 문진은 병실에서 순연의 옆 침대를 썼다. 병실에서 보호자가 없는 사람은 순연과 문진뿐이었다. 당시 팔순이 넘은 어머니와 함께 지방에서 살던 순연은 혼자 서울로 올라와 병원 근처에 방을 잡고 항암치료를 받고 있었다. 순연은 문진과 달리 침대에 커튼을 쳐놓지 않았고 밥을 잘 먹었고, 매번 문진에게 밥을 먹으라고 말을 건넸다. 순연은 저녁마다 어머니에게 전화해서 그날 하루의 이야기를 지어냈다. 순연의 거짓말은 앞뒤가 맞지 않았다. 어느 날은 아는 사람 가발 회사에서 경리 일을 보고 있다고 해놓고, 어떤 날은 미용 일을 배우고 있다고, 또 언젠가는 갑자기 보험을 많이 팔았다는 등 황당한 말을 했다. 문진이 순연에게 거짓말을 더 잘해야 하지 않겠느냐고 말을 걸었을 때, 순연은 웃으면서 그걸 다 기억하고 있었냐고 되물었다. 내용이 중요한 게 아니라, 내가 전화를 매일 한다는 게 중요한 거야. 순연은 문진이 어린아이인 양 말했다.

순연은 치료를 마친 후에 머리가 다 자랄 때까지 집으로 돌아가지 않겠다고 했다. 비슷한 시기에 치료가 끝난 둘은 자주 만나서 밥을 먹고 오래 이야기하며 차를 마셨다. 보통 순연이 밥집을 고르면 문진이 괜찮은 카페를 찾았다. 둘은 주로 아픈 후 깨닫게 된 단순한 사실들에 대해 이야기했다. 삶은 생각보다 짧을 수 있다는 것, 아파봐야 건강이 중요한 줄 안다는 것…… 그리고 암이 완치되기만 한다면 이전과는 다른 삶을 살아보겠다고도 함께 다짐했다.

문진이 별장에 내려온 뒤 처음 몇개월 동안 순연은 먼 길을 달려와서 문진에게 반찬을 해주고 갔다. 그 시기에 문진에게 순연은 세상에서 유일하게 자신이 밥을 먹었는지 궁금해하는 사람이었고, 문진이 마흔이 넘어가도록 적응하지 못하고 있는 삶에서 확실한 것을 알려줄 수 있는 사람 같아 보였다.

순연은 사람을 많이 알았고, 언제나 이야기가 넘쳤다. 순연의 머리가 귀를 덮을 만큼 자란 뒤에는 아는 사람이 하는 식품 수입 사업을 돕기로 했다며 자주 해외로 나갔다. 순연은 문진에게 코코넛 비누, 건과일 세트 같은 것을 선물하더니, 과자, 방향제, 허브차처럼 종잡을 수 없는 물건들을 하나씩 팔기 시작했고, 나중에는 돈만 꿔가기도 했다. 그리고 어느 날 연락 없이 찾아와서 약을 내놓았다. 결국엔 면역력이야. 이것만 꾸준히 먹으면 재발할 걱정 없이 살아도 돼. 순연은 정말로 자기 말을 믿는 것처럼 말했다. 문진은 순연의 말을 믿을 수 없었다. 그럼에도 터무니없는 값에 약을 샀다. 그후로 문진은 순연의 연락을 받지 않았다. 하루는 순연이 문진의 별장까지 찾아와 문을 두드렸다. 문진은 문 뒤에 숨어서 그 진동을 등으로 고스란히 받아내면서 문을 열어주지 않았다.

문진은 설거지로 젖은 손을 대충 잠옷에 문지르면서 거실로 돌아와 휴대폰을 찾았다. 그리고 엊그제 얼굴 본

사이처럼 순연에게 안부를 묻고 빌려간 돈을 갚아달라고
메시지를 보냈다.

*

 늦은 오후에 부동산 중개인은 여기가 고지대라 쌀쌀하
죠, 하고 높은 목소리로 말하며 노인들을 현관 안으로 들
였다. 문진은 청소를 하느라 입고 있던 잠옷 차림으로 문
을 열었다. 할아버지는 한 손에 지팡이를 짚고 절뚝였고
할머니는 허리가 사선으로 휘어 조금씩 비틀거렸다. 문진
의 생각보다 훨씬 더 나이가 많아 보였고 집을 살 만한 능
력도 동기도 없어 보였다. 할아버지는 지팡이를 탁, 소리
나게 짚으며 현관에서 번들거리는 구두를 벗었고 할머니
는 고무 털신을 벌레 털어내듯 던졌다. 할아버지의 지팡
이 끝에서 흙이 떨어졌다.
 문진은 멀찍이 서서 그들을 지켜보았다. 집의 구조는
단순했다. 입구는 현관, 거실, 침실로 이어지고 측면에 부
엌과 화장실이 있었다. 난방은 되었지만 외풍이 심해서
겨울엔 추웠고 여름엔 습기가 고여 나무 벽이 조금씩 썩
어갔다. 문진은 그런 이야기를 중개인에게 하지 않았지만

중개인은 별장에 대해 문진보다 더 잘 알고 있는 것 같았다. 처음 문진이 부동산으로 찾아간 날, 중개인은 아, 거기 드디어 팔아 치우시려고요?라고 말했다.

할머니와 할아버지는 문진이 미처 치우지 못한 소파 위에 대충 개어놓은 담요와 헤쳐놓은 택배상자, 먹다 남긴 건망고 봉지를 박물관에 온 사람들처럼 천천히 구경했다. 중개인은 문진의 대답은 필요하지 않다는 듯이 혼자 말을 이어갔다.

"여기가 큰 방인데, 문 잠깐 열어도 되죠? 이 방이 햇볕이 제일 잘 들어요. 전체적으로 사십평이나 되고, 지대도 높은데 평지에 탁 트인 양지고."

"죽으면 양지에 묻힐 거, 뭘 양지를 따져."

할머니가 말했다. 노부부는 중개인의 말에 관심이 없어 보였다. 중개인 혼자 집을 한바퀴 둘러보고 이제 가보겠다고 했다. 할아버지가 신발을 신기 어려워해 문진과 중개인이 도와주어야 했다. 문진의 손에 할아버지 양말에 밴 축축한 땀이 묻었다. 그들이 떠나고 문진은 창문을 모두 열어두고 샤워를 했다.

문진은 머리를 말리며 소파에 앉았다. 텔레비전을 켜두고 거실 창밖을 바라보았다. 풀이 무성한 마당에 빛이 빠르게 물러나고 있었다. 순연과 연락이 끊기고, 문진을 정기적으로 찾아오는 사람은 우체부와 펜션 주인 부부밖에 없었다. 딸은 유학을 떠나기 전에 별장에서 하룻밤을 자고 갔다. 딸이 중학교 1학년인가 2학년일 때였다. 딸이 열 살이었을 때 이혼한 뒤로 함께 잔 것은 처음이었다. 이혼할 때만 해도 문진은 당연히 자기가 아이를 키우게 될 것이라고 생각했다. 변호사는 남편이 유책 배우자라고 했다. 함께 침대에 누운 어느 날 밤 남편이 10년 전쯤, 일 때문에 외국으로 자주 출장을 갔을 때, 함께 갔던 여직원과 만났었다고 고백했다. 문진은 조용히 휴대폰 녹음기를 켰고 다음 날 변호사를 찾아갔다. 남편은 문진과 이야기하고 싶었을 뿐이라고 했다. 그건 모두 과거 일이라고, 그때는 지금보다 젊었고, 정말 외로웠다고, 자기는 깨끗해지고 싶어서, 문진에게 모두 고백하고 다시 시작하고 싶었던 것이라고 화를 냈다.

"너는 뭐가 그렇게 다 쉽냐."

남편이 말했다. 문진은 남편에게 한마디도 대꾸하지 않았다. 남편은 경제적인 이유로 양육권을 주장했고, 문진이 정신병원 진료를 받은 기록을 법원에 제출했다. 문진의 변호사는 남편이 유책 배우자라는 말을 백번쯤 했지만, 양육권은 남편이 가져갔고 몇년 후 딸을 유학 보낸다고 통보했다.

딸이 별장에 오기로 한 날, 평소보다 일찍 일어나 문진은 아이가 좋아하던 갈비탕을 끓였는데 소파에서 잠깐 잠이 든 새 냄비를 태우고 말았다. 펜션 주인 부부가 부엌에서 나는 연기를 보고 달려오지 않았다면 문진은 잠을 자다 죽을 수도 있었다. 문진은 물에 담가둔 탄 냄비를 보면서 이미 너무 많은 것을 망쳤다고 생각했다. 결국 아이에게 제대로 밥을 챙겨주지도 못하고, 힘들면 참지 말고 언제든 돌아오라는 말을 해주고 싶었는데 그 말도 못하고 아이를 보냈다. 아이는 가기 전에 문진을 안은 뒤, 엄마 잘 살아, 하고 말했다. 문진은 그 말을 종종 떠올렸고 혼자 중얼거려 보기도 했다. 잘 살아,란 말을 반복해 생각하다보니 그 말이 꼭 혼자 잘 살아남아,라는 말로 들렸다. 이번에도 문진은 살아남아보려고 노력할 것이다. 별장을 판 돈으로 병원 근처에 방을 얻을 것이고, 식단을 지킬 것이고, 온갖 통증과 부작용에 시달리겠지만 치료를 포기하지는 않을 것이다. 아마도.

밖이 완전히 어두워졌다. 텔레비전에서 숯불에 큼지막한 소갈비를 구워 먹는 장면이 나왔다. 문진이 자기도 모르게 침을 삼켰다. 그때 순연에게서 메시지가 왔다. 돈을 갚아달라는 말은 전혀 못 본 듯이, 아무 일도 없었던 것처럼 순연은 자기 근황을 길게 늘어놓았다. 그때 하던 일은 그만두었고 지금은 다시 어머니 집에 내려가 있다고 했다. 순연이 마침 내일 쉬는 날이니 별장에 들르겠다고 문자를 보내왔다. 문진은 순연이 정말 아무것도 이해하지 못하고 있다고 생각했다. 다시 만나지 않은 게 서로를 위해 좋을 텐데, 순연은 언제나 조금씩 넘쳤다. 약을 팔지만 않았어도 순연과 관계를 완전히 끝내지는 않았을 것이다. 문진은 순연의 문자에 답장을 보내지 않았지만 다음 날, 해가 가장 높을 때 익숙한 흰색 구형 승용차를 타고 순연이 나타났다.

*

순연은 전보다 몸이 불었다. 얼굴에 윤기가 돌았고, 화장도 제대로 하고 있었다. 꽃무늬 블라우스와 슬랙스는 몸에 잘 맞고 재질이 좋아 보였다. 순연은 코끝이 둥글어서 사람들이 자기를 쉽게 본다고 자주 말했다. 그래서인지 외래를 보러 올 때도 편한 옷을 입지 않았다. 검진을 받으려면 귀걸이, 목걸이, 철심이 든 속옷을 모두 벗어야 하는데도 꼬박꼬박 그런 것들을 걸치고 챙겨 입었다. 가발 대신 모자를 쓴 적도 없었다. 문진이 엔진 소리를 듣고 마당에 나왔을 때 순연은 능숙하게 주차 중이었다. 차창 너머로 번들거리는 순연의 얼굴이 보였다. 순연의 희고 통통한 살결은 평생 주름을 모를 것 같다는 생각이 들었다. 문진은 푸석한 맨얼굴을 햇볕에 드러내고 싶지 않아서 그늘 쪽으로 물러섰다.

순연은 차에서 내려서 곧장 다가와 인사말을 준비하고 있던 문진을 안았다. 오랜만이다, 문진아. 순연이 말했다. 순연의 향수 냄새와 체온과 미끈한 피부가 끈적하게 닿았다 떨어졌다. 순연은 날씨도 좋은데 별장 주변을 한바퀴 휘둘러보겠다고 했다. 순연은 하늘을 한번 보고 문진을 봤다. 문진은 햇빛에 눈을 찡그렸다.

"넌 어쩜 병원에서 빼빼 말랐을 때랑 똑같니? 어떻게 그렇게 안 변했어?"

순연은 병원에서 나온 이후 있었던 일들은 모두 건너뛰고 마치 처음 문진을 보는 듯이 굴었다. 건너편 펜션을 가리키면서, 공사 중일 때만 봤었는데 지어놓으니까 동화 속에 나오는 집 같다고 말했다. 문진은 펜션 부부가 자기를 많이 도와준다고 말했다. 순연은 끊임없이 감탄을 내뱉었다. 경치 좀 봐봐. 넌 이런 경치 매일 보고 사니 정말 행복하겠다. 산세가 어쩜 이렇게 웅장하니. 저기 개울도 있네? 조금 더 올라가면 계곡 있겠네? 문진은 대충 대답하고는 순연에게 묻지도 않고 먼저 집으로 방향을 틀었다. 순연은 펜션 쪽으로 한참 가서 펜션 울타리 너머를 기웃거리고, 개울로 내려갔다. 문진은 집에서 창밖으로 순연을 지켜보다 순연이 문을 두드리자 잠시 뜸을 들이고 열어주었다.

순연은 커피를, 문진은 녹차를 마셨고 병실에서 알던 사람들 이야기를 나눴다. 순연은 문진보다 사람을 더 잘 기억하고 있었고 추측을 덧붙이긴 했지만 그들의 근황에 대해서도 많이 알고 있었다. 그 침대에서 꼼짝도 못하던 남학생 기억나니? 순연이 물었다. 문진은 고개를 끄덕여보였다. 왜, 걔가 몸이 그런데도 국사책인가, 국어책인가 펴놓고 있었잖아. 문진은 그 남자애를 잘 기억했다. 뇌종양으로 몸 한편이 마비되어 누워 있으면서도 항상 교과서를 머리맡에 두고 있었다. 교과서는 그애의 침으로 흥건히 젖어 있었다. 병실 사람들이 학생이 기특하다고 한마디씩 할 때 문진은 경악했다. 어떻게 그걸 기특하다고 말할 수 있을까. 문진은 그런 말을 하는 사람들이 무서웠다. 걔, 2년 전에 죽었대. 문진은 젊은 나이에 안됐다고 말했다. 그리고 곧 후회했다. 젊은 나이에 안 되기로는 자기도 마찬가지였으니까.

문진은 병원에서 나온 후 순연이 여기에 몇번 다녀갔던 이야기를 꺼냈다. 언니 처음에 올 때 길 많이 헤맸었지? 여기 산길이 워낙 복잡하게 되어 있어서. 순연은 환하게 웃으면서 그럼, 내가 이 꼬부랑길 운전해서 너 반찬 해다 줄 때마다 살 좀 찌라고 그렇게 말했는데 내 말 귓등으로도 안 들었구나, 하고 말했다. 문진은 순연이 팔았던 약 이야기를 꺼내야 한다고 생각했다. 그때 정말 고마웠어, 그런데, 하고 말을 하려고 했다. 나한테 그러면 안 되는 거잖아. 어떻게 나한테 뻔뻔한 얼굴로 말도 안 되는 약을 팔아? 재발이 안 된다고? 나를 봐. 나는 언니가 좋은 사람이라고 생각했어…… 이 모든 말이 터져 나오려던 순간 누군가 현관문을 두드렸다.

문진이 문을 열자 펜션 주인 여자가 팔로 몸을 감싼 채서 있었다. 여자는 한여름에도 저녁이면 기온이 10도가량 떨어지는 고지대 날씨에 늘 추위를 탔다. 여자는 문진에게 열쇠를 맡겼다. 여자가 꾹 쥐고 있었는지 열쇠가 미지

근했다. 여자가 또 부탁드려요, 하고 말했고 문진은 언제쯤 가야 하는지 물었다. 여자는 저녁에 약속이 있다고 답했다.

"혹시 깨어나면 어떡하죠?"

한번도 그런 일이 없었지만 문진은 매번 물었다. 여자도 똑같은 대답을 했다.

"그럼 조용히 문을 닫으면 되죠."

문진은 펜션 쪽으로 건너가는 여자를 지켜보다 지프에 시선이 닿았다. 지프차는 일주일에 한번씩 펜션에 왔다. 문진은 한번도 그 차를 타고 내리는 사람을 본 적이 없었다. 펜션 부부는 독실한 신자였다. 문진은 그 지프차의 주인이 다락방에서 나오지 않는 부부의 아들에게 안수기도를 해주러 오는 목사일지도 모른다고 생각했다. 문진은 순연에게 저녁을 조금 늦게 먹어도 괜찮겠냐고 물었다. 펜션에 다녀와야 한다고 하니 순연은 같이 가도 되냐고 물었고 문진은 안 된다고 답했다. 문진은 냉동실에 있던 고기를 꺼내놓고 밥솥에 밥을 안친 뒤 펜션으로 갔다.

*

　문진이 집에 거의 도착했을 때 안에서 시끄러운 소리가 새나왔다. 문진은 서둘러 걷다 현관 문턱에 걸려 넘어질 뻔했다. 현관에 고무신과 운동화가 흐트러져 있었다. 집을 보러 왔던 노부부와 순연이 부엌에서 마주 보고 앉아 밥을 먹는 중이었다. 그들은 계속 대화를 이어갔다.

　"소금 어딨는지 몰라?"

　"소금 좀 찾아봐."

　문진이 거실로 들어가자 순연이 식탁에서 일어나 문진에게 다가왔다.

　"저분들이 너를 만나러 여기까지 걸어 올라오셨다네? 할아버지는 다리도 성치 않아 보이시는데. 마당에 주저앉으셔서 한걸음도 더 못 떼겠다고, 안으로 모셨더니 배고프다셔서 밥 먼저 드렸지. 아는 분들이야?"

　문진이 집 보러 왔던 사람들이라고 이야기하자 순연이 물었다.

　"여기 팔게? 이 좋은 데를 두고, 어디 가서 살게?"

　문진이 대답하지 않자 순연은 계속 말했다.

　"여기에 좋은 기억이 많다며."

문진은 순연에게 조용히 해봐, 하고 말했다. 노인들이 문진을 쳐다보고 있었다. 부부는 저번보다 말쑥한 차림새였다. 문진은 그들에게 다가가서 부동산에 연락을 했냐고, 집에 더 볼 게 남아서 오신 거냐고 물었다. 할머니는 고개를 저었고 소금, 하고 말했다. 순연이 소금, 하고 다시 말했고 문진이 서랍에서 소금 그라인더를 꺼내줬다. 순연이 소금을 가는 소리가 문진의 머리를 뒤흔들었다. 할아버지는 밥 먹는 중에도 가끔 한 손으로 지팡이를 잡은 채 바닥을 내리쳤다. 할머니는 할아버지에게 시끄러워, 하고 일갈했고, 시금치나물에 순연이 갖다준 소금을 크게 한숟갈 넣어서 젓가락으로 대충 비볐다. 노인들은 젓가락질 한번에 반찬도, 밥도, 고기도 듬뿍 집어 먹었다. 문진은 다시 물었다. 목소리가 커졌다.

　"여기 무슨 일로 오신 거예요, 그럼?"

　할머니가 대답했다.

　"영감이 꼭 오늘 가겠다고 우기길래. 난 그냥 따라왔어."

　"여기 길도 험한데 어떻게 오셨을까."

　순연이 말했다.

　"왜 오셨냐구요."

　문진은 순연의 친절한 말투가 듣기 싫었다.

"영감한테 물어봐."

할머니가 말했다. 그리고 문진에게 물을 가져다달라고 했다. 문진은 순연이 마신 커피잔을 헹구고 정수기 물을 따라 주었다. 할아버지는 뻣뻣한 자세로 열중해서 밥을 먹고 있었고 그들이 하는 말을 전혀 듣고 있지 않은 것 같았다.

"하는 일 없이 있는다며. 그래도 소금도 안 치고 반찬을 허면 되나."

할머니가 말했다. 문진은 할머니의 말을 무시하고 식탁을 치우기 시작했다. 노인들은 밥그릇을 다 비우고도 식탁에서 일어나지 않았다. 문진은 노인들이 손댄 반찬과 고기를 먹고 싶지 않아서 남은 음식물을 모두 버렸고 대신 라면을 끓였다. 라면을 먹는 동안 순연은 물론 노인들도 계속 식탁에 앉아서 문진이 먹는 모습을 지켜봤다.

"할아버지 연세가 어떻게 되세요?"

순연이 물었다.

"글쎄, 여든 넘고는 안 세어봤는데."

할머니가 대답했다.

"어머, 저도 저희 어머니 아흔 넘으시고는 나이가 매번 헷갈려요. 곧 백세잔치 해드려야 할지도 모르겠네."

순연이 말하자, 할머니가 연세가 그렇게 많으시냐고 물었다.

"제가 막내거든요."

"근데 아직 크게 아픈 데 없으시고?"

"네, 밥 드시고 화장실 혼자 가세요. 그럼 됐죠 뭐."

"그럼, 그거면 됐지. 우리 노인네 병원에 있을 땐 내가 대소변 다 받았는데."

할머니가 할아버지 다리를 슬쩍 만졌다. 문진은 갑자기 웃음이 났다. 순연의 옆에 앉아 있던 할아버지가 문진을 쳐다봤다. 할아버지의 눈이 조금씩 위로 뒤집어졌다. 할아버지가 조용하고 격렬하게 경련을 시작했다.

문진의 부모님은 마구간을 헐고 별장을 지으려고 했지만 그들의 예상보다 철거비용이 훨씬 비쌌기 때문에 리모델링으로 방향을 바꿨다. 문진의 아버지는 전세를 살면서도 별장을 갖고 싶어 했다. 그는 아내에게 별장을 가지면 다른 삶을 살 수 있다고 말했다. 전혀 다른 공간에서 동시에 존재하는 것과 마찬가지라고, 그건 잠깐 번잡스럽게 휴가를 떠나는 것과 다른 것이라고 설득했다. 문진의 어머니는 남편의 말을 이해하진 못했지만 친척들 대부분이 별장을 가지고 있었으므로 동의했다. 문진의 아버지는 평범한 수준의 월급을 받는 회사원이었지만 규모가 크지 않은 희귀한 성씨 집안의 종손이었고 종토(宗土)를 물려받았다. 문진의 아버지는 그 땅을 팔았다. 그 때문에 문진은 아주 어릴 때를 빼고는 명절에 친가에도 가본 적이 없었고, 대신 명절마다 별장에 내려가게 되었다. 문진의 부모님은 별장의 내부공사가 시작되고 어떤 벽지를 고를지, 문은 어떤 디자인으로 할지, 문고리는, 싱크대는, 소파와 이불은, 그리고 카펫을 깔지 말지에 대해 항상 서로의 어깨에 기대어 이야기를 나눴다. 처음 몇년간 그들은 명절에도, 여름휴가와 신년 휴일에도 별장으로 내려갔다. 몇년 후에는 아버지가 먼저 내려가 있거나 늦게 올라왔고, 곧 아버지 혼자 가는 날이 많아졌다. 문진의 어머니는 별장에 벌레가 많다고, 화장실에서 냄새가 난다고, 여름이면 개울 소리가 시끄럽고 겨울이면 바람 소리가 듣기 싫다고 가지 않았다.

문진은 딱 한번 아버지와 단둘이 별장에 갔었다. 문진이 고등학교에 입학하기 전 겨울방학이었다. 아버지는 화목 보일러에 눈에 젖은 나뭇가지를 잔뜩 넣었다. 연통에서 푸른 연기가 쏟아질 뿐 불은 좀처럼 붙지 않았다. 문진과 아버지는 덜덜 떨다 차에 들어가서 히터를 켜놓고 잠깐 잠이 들었다. 그후 잠에서 깨어 별장으로 들어간 다음의 일을 문진은 잘 기억하지 못했다. 아버지가 술에 취해 문진의 손을 잡고 무슨 말을 반복하는 장면이 물에 젖은 종이처럼 형체 없이 그날의 기억에 달라붙었다. 아마 행복하게 살자,라든지 아빠는 우리 가족을 사랑해,라든지 술에 취하면 항상 하던, 실체 없는 말이었을 것이다. 아버지는 평소에 말이 별로 없었지만 술만 마시면 감정이 폭발하는 사람이었다. 화가 쌓여 있을 때는 물건을 던졌고, 우울이 쌓여 있을 때는 공연히 사랑한다느니 행복하자느니 하는 말들을 반복했다.

아버지는 문진이 고등학교를 졸업한 겨울에 고속도로에서 사고로 죽었다. 5년 전 겨울 문진이 별장에 짐을 들고 내려왔을 때 별장 방충망에 나방알들이 끼여 있었고 정화조는 막혀 있었지만 집 안에 이상한 온기가 돌았다. 문진은 아버지가 줄곧 이곳에 살고 있었던 것 같다고 생각했다.

할아버지는 경련 후 돌처럼 굳어졌다. 눈이 충혈되었고 목의 힘줄이 도드라졌다. 할머니는 굽은 허리에 할아버지를 걸치듯이 부축해 거실 소파에 눕혔다. 순연이 문진에게 속삭였다. 집 팔지 마. 문진은 그들이 정말 별장을 사겠다면 당장에라도 팔 수 있었지만 우선은 그들을 내보내고 싶었고 그들이 여기서 어떻게 살지, 살기는 할지 전혀 궁금하지 않았다. 문진이 설거지하는 동안 순연은 문진의 옆에 서서 거실을 쳐다보며 계속 속삭였다. 할아버지가 담요를 덮으시네, 거실 불을 켰다 끄셨어. 할아버지 눈부 신가봐. 인터넷 텔레비전을 켤 줄 아시는데? 할머니 화장실 갔다. 너 정말 여기 팔 거야? 외로워서 그래? 문진이 별다른 말이 없자 순연은 거실로 가 할아버지 옆에 앉았다.

문진은 손의 물기를 털고 식탁 한구석에 있던 차키를 들고 거실로 갔다. 노인들과 순연이 일제히 웃었다. 텔레비전에서 고양이가 강아지를 앞발로 때리고 도망가는 장면이 나왔다. 거 웃기는 놈이네. 할머니가 말했다. 꼭 사람 같네요. 순연이 말했다. 할아버지도 으흐흐 하고 웃었다.

"집에 가셔야죠."

문진이 말했다.

"누구보고 가래?"

할머니가 받아졌다. 문진은 할머니가 왜 이렇게 웃기지, 생각하며 키홀더를 빙빙 돌렸다. 할머니는 문진을 빤히 바라보다가 잠깐 이리 앉아봐, 하고 빈자리가 없는 소파를 툭툭 쳤다. 문진은 현관을 쳐다보고 소파의 팔걸이에 걸터앉았다.

"집 손볼 데는 없고? 목재가 좋은 목재긴 한데, 워낙 오래된 거라."

할머니가 여전히 텔레비전을 보면서 말했다.

"작년에 지붕도 고치고, 현관 계단 꺼진 것도 새로 판자 대서 붙이고, 창틀 아귀 틀어진 것은 못 고쳤는데 크게 불편하진 않아요."

문진은 거실의 유리창에 되비친 거실과 부엌의 흐릿한 풍경을 보았다. 그리고 할머니와 할아버지와 순연이 모두 자기를 쳐다보고 있다는 것을 깨닫고 다시 고개를 돌렸다.

"창문 아귀는 못 고칠 거야 아마. 우리 영감이 몇번 틀어진 거 잡아보려고 했는데 잘 안 되대. 나무가 힘이 워낙 세야지."

문진이 그게 무슨 말이냐고 되물었다.

"영감이 건축 일을 했었어. 젊어서. 좀 하다 힘들다고 말았지만. 그래도 자기가 할 줄 안다고 나서서 사람 안 쓰고 여태껏 거의 다 했어."

"아니, 그게 아니고요."

문진은 할머니의 얼굴을, 그리고 거의 눈이 감겨 있는 할아버지의 얼굴을 처음으로 자세히 보았다. 주름을 지우고 그들의 10년 전, 20년 전 얼굴을 상상해보려고 했다. 문진의 눈에 두 노인의 얼굴은 똑같아 보였다. 약간 튀어나온 뼈의 모양도, 주름의 깊이와 무늬도 비슷했다. 문진의 어머니에게서 한때 이 마구간에서 일하는 사람만 열명쯤 되었다는 이야기를 들은 것이 기억났다. 그외에 이곳을 돌보는 사람들이 따로 있다는 이야기는 들어본 적이 없었고, 그런 사람들을 본 적도 없었다.

"우리는 처녀 딱 보고 어릴 때 얼굴을 알겠던데."

문진은 갑자기 심장이 뛰고 이 부부가 작정하고 이 집에 왔다는 생각이 들었다. 문진은 순연을 쳐다봤다. 순연은 무심한 얼굴로 계속 텔레비전을 보고 있었다.

"부모님한테 그런 얘기 들어본 적 없어요."

"아니, 아니지. 그렇게 말하면 안 되지. 우리는 처녀를 봤는데. 처녀가 못 봤다고 그렇게 말하면 안 되지. 어릴 때 말이야, 줄무늬 원피스 입고 분홍색 샌들 신고 여기 앞에서 사진도 찍었잖아. 그거 우리가 찍어줬거든."

"그런 사진 없어요."

"찾아보면 있을걸? 어릴 때 사진 안 버렸으면 한번 찾아봐. 분명히 있으니까."

문진은 어릴 때 분홍색 샌들 같은 것을 가졌던 적이 없었다. 문진의 어머니는 문진이 원하는 옷과 신발은 모두 촌스럽다며 한번도 사주지 않았다. 분홍색 샌들을 신겼을 리가 없었다. 문진은 이 사람들도 사기꾼이구나, 생각했다.

"근데 왜 어제 부동산 중개인이랑 집을 살 사람들처럼 오신 거예요?"

"집을 내놓기로 했단 말을 듣고 그 전부터 몇번이나 찾아왔는데 말이야, 우릴 무시했잖아."

"저는 두 분을 어제 처음 봤는데요. 이제 그만 가세요. 택시 탈 수 있는 데까지 모셔다드릴게요."

"처녀가 오년 전에 내려왔을 때 몇년 만에 온 거였지? 십년? 그쯤 되었나 더 되었나? 그 세월 동안 사람이 안 사는 집은 금세 폐가 돼. 이 집처럼 지은 지 오래된 목조주택은 관리를 안 해주면 금방이라고. 처녀네 아버지랑 한 계약이 있는데, 처녀가 여길 상속받았으니까 그 계약도 상속받은 셈이야. 우리도 알아봤다고."

그리고 할머니가 할아버지 다리를 툭 쳤다. 할아버지가 잠바 안주머니를 뒤적여서 노란 봉투를 꺼냈다. 봉투에서 꺼낸 종이는 접힌 부분이 거의 떨어져 나갈 만큼 낡은 것이었다. 종이에는 '최소 매달 한번씩 별장에 들러 청소하고 수도와 전기 시설을 점검 및 관리해줄 것, 보수는 연말마다 1년치 200만원을 지급.'이라고 흘날린 글씨체로 쓰여 있었고 마지막에 문진의 아버지의 이름이 보였다.

할아버지가 잔기침을 했다. 순연은 텔레비전의 소리를 키웠다. 언니, 텔레비전 좀 꺼봐. 이 사람들 사기꾼들 같아. 경찰에 신고하자. 문진이 말했다. 문진아, 왜 그래, 그러지 말고 잘 해결해야지. 순연은 엄마처럼 말했다. 할머니는 휴대폰을 만지면서 말했다.

"우리가 계산을 해봤는데, 통장에 돈이 안 들어온 게 처녀 아버지가 돌아가신 해부터니까, 벌써 이십오년이 되었어? 세월도 참 부지런히 갔네. 연에 이백씩 주기로 한 계약인데, 처음에 내가 너무 적다고 말렸는데 영감이 도장을 찍어버려서…… 뭐, 이미 지난 일이고 합해보면 딱 오천만원이네. 적은 돈도 모이면 이렇다니까."

문진은 할머니의 계산이 맞는지조차 점검하지 못할 만큼 아무 생각이 들지 않았다 오천만원이라니. 너무 황당한 금액이었다.

"일단 돌아가세요. 저도 알아보고, 다음에 다시 얘기해요."

"집 팔구 사라지려고?"

할머니가 말했다.

"제 휴대폰 번호 드릴게요."

"전화야 안 받으면 그만이지. 처녀 특기잖아."

문진은 순연이 고개를 끄덕이는 것을 보았다. 문진은 차키의 끝으로 손톱 밑을 꾹꾹 눌렀다.

"돈 줄 거야?"

"지금은 드리고 싶어도 없어요. 여기나 팔리면 모를까."

"뭐 당장 아니더라도 줄 거면 여기 사인부터 해. 그리고 이게 너무 많이 밀려가지구, 이자도 좀 있다네? 알아보니까 그것도 원래 포함이 되는 거라네. 요새 금리가 예전 같지 않으니 다행이지, 뭐."

할머니가 할아버지를 또 쳤고 할아버지는 다른 종이봉투를 꺼냈다. 빳빳하게 접힌 오래된 종이가 나왔다. '채무 이행 계약서'라는 제목이 달린 빽빽한 문서였다. 문진은 채무이행이라는 말을 이해할 수 없었다. 순연이라면 몰라도, 문진은 지금껏 누구에게도 채무라고 할 만큼 큰돈을 빌려본 적 없었다. 문진은 종이를 그대로 돌려주었고 할머니는 종이를 탁자에 펼쳐놓은 채 다시 텔레비전으로 고개를 돌렸다. 문진은 부엌으로 가서 소파에 나란히 있는 노부부와 순연의 모습을 보면서 물을 마셨다. 멀리서 보니 그들은 한 가족처럼 보였다. 텔레비전을 보면서 한마디씩 주고받으며 같이 웃었다. 부러 넘어진 것 같은데. 그러게요.

문진은 약상자를 뒤적였다. 소화제가 없다는 걸 알았지만 계속 찾았다. 순연이 부엌으로 와서 과일이 없냐고 물었다. 언니가 나한테 팔았던 약, 나 거의 안 먹고 버렸어. 문진이 말했다. 거기에 뭐가 들었는지 알 수가 있어야지. 순연은 문진의 말이 전혀 들리지 않는 것처럼 부엌의 냉장고 문을 열었다 닫았다. 냉장고에 뭐가 없구나. 순연이 말했다. 언니 지금 뭐 해? 남의 냉장고는 왜 열어봐. 저 사람들한테 언니가 뭔데 과일을 줘? 문진이 순연의 팔을 움켜잡고 말했다. 아무리 생각해도 노인들이 소파를 차지하고 자기 집인 양 텔레비전을 보면서 문진이 알지도 못한 지난 25년간의 일에 대해 돈을 내놓으라고 요구하는 상황은 부당했다. 자기에게 약을 팔아놓고, 돈도 꿔가고 그러고도 마치 아무 일도 없었다는 듯이 다시 나타난 순연은 더욱 부당했다. 순연의 희고 부드러워 보이는 팔에 좁쌀 같은 소름이 빼곡했다. 순연은 힘줄이 불거진 문진의 손을 다른 쪽 손으로 감쌌다. 순연의 손이 뜨거웠다.

"난 너한테 정말 잘해주고 싶었다. 너 옆에 있던 사람들 다 떠나갔잖아. 나는 안 그리고 싶었는데 나도 그때는 좀 지치더라고. 몇번이고 나 일하는 와중에 전화해놓고 내가 하면 또 안 받고, 내가 필요 없다고 해도 계속 돈 보내고. 그럼 나는 미안하니까 먹을 거라도 바리바리 싸 들고 가야 하고. 나도 환자였잖아. 그땐 좀 지쳤어. 나는 네가 여기서 잘 지내는 줄 알았어. 공기 좋고, 근처에 눈 밝은 약초꾼도 산다며. 참, 안 그래도 사고 싶은 약초가 있었는데 아까 말한다는 걸 깜빡했다."

순연은 부드럽게 문진의 손을 털어내고 휴대폰을 만지더니 문진에게 사진을 보여줬다. 눈을 감고 있는 노인의 사진이었다. 머리는 몇가닥 남지 않았고 주름이 비늘처럼 얼굴을 뒤덮고 있는, 바싹 마른 노인의 얼굴이었다. 우리 엄마야, 순연이 말했다. 엄마가 요새 황달이 좀 오셔서 간에 좋다는 약초 있으면 좀 사 가려고. 문진은 화면을 계속 보았다. 순연의 입에서 달큼한 냄새가 났다.

"언니 나 아파."

문진이 말했다. 그 말을 하려던 것이 아니었다. 약초 살 돈 있으면 내 돈이나 갚으라고 말하려고 했다. 순연은 문진의 말을 못 들은 것 같았다. 문진은 다용도실로 가서 무른 딸기를 꺼내왔다. 거실에 가져다 놓으니 할머니가 딸기를 손으로 집어서 할아버지의 입에 넣어주었다. 문진은 침대가 있는 방으로 들어갔다. 몸이 무겁고 졸음이 쏟아졌다. 거실에서 텔레비전 소리가 들려왔다. 주머니에서 뾰족한 것이 느껴졌다. 펜션에서 나오기 전에 열쇠를 신발장 모기향 상자 안에 두고 왔어야 하는데 잊어버렸다.

문진은 집을 나가고 싶지 않았다. 끝까지 버텨야 한다고 생각했다. 말도 안 되는 이야기를 지어내고 있는 사람들에게 맞서려면 자꾸 자리를 비우면 안 된다고, 눈을 똑바로 뜨고 그들을 지켜봐야 한다고 생각하면서 잠깐 잠이 들었다. 문진은 펜션의 다락방에 앉아서 붉은 치맛자락을 붙잡고 창밖을 바라보는 꿈을 꾸었다. 치마가 계속 길어져서 방이 온통 붉은 천으로 휘감기고 문진의 얼굴도 붉은색으로 뒤덮였다. 잠에서 깼을 때 주위가 조용했다. 문진은 노인들과 순연이 모두 악몽이었을지도 모른다고 기대하면서 문을 조심스럽게 열었다. 언뜻 거실은 어두웠다. 눈이 어둠에 익숙해지자 소파 밖으로 삐져나온 할아버지의 맨발이 보였다. 식탁에서 조용한 대화 소리가 새나왔다. 순연이 누군가와 이야기를 하고 있었다. 펜션 여자인 것 같았다. 그들의 속삭이는 듯한 말소리와 웃음소리가 들렸다. 정말 웃긴데, 그래도 저는 우리 애를 사랑해요. 펜션 여자가 말했다. 저도 우리 엄마를 사랑해요. 노인들 함께 잠들었네요. 보기 좋네요. 그들은 조용히 술을 마셨다.

간병인

일요일 아침, 나진의 아버지는 여느 때처럼 새벽 다섯 시 반에 일어나 골프 채널을 틀어두고 라면을 끓여 소주와 먹은 뒤, 화분을 버리기 시작했다. 공장에서 가져온 비료포대에 작은 화분부터 통째로 쏟아버리고 큰 화분은 가지나 줄기를 뚝뚝 꺾어 던져 넣었다. 나진의 집에는 시선이 닿는 곳마다 화분이 있었다. 빈 벽은 넝쿨이 뒤덮었고, 장식장이나 테이블 위에는 다육 식물들부터 제라늄이나 호접란 같은 화초까지 두서없이 올라가 있었다. 발코니는 창 쪽으로 악착같이 가지를 뻗은 나무 화분들로 발 디딜 곳 없었다. 모두 나진의 어머니가 돌보던 것들이었다.

　작년 겨울, 어머니가 5년간 세번 재발한 유방암으로 죽고 난 뒤에는 모두 나진이 맡았다. 나진은 화분마다 물 주는 주기를 외우고 있었고 분갈이가 필요한 시기도 알았지만 몇개월 만에 대부분의 꽃들은 봉오리째 떨어져 내렸고 나뭇잎은 가장자리부터 노랗게 말라갔다. 어떤 화분에서는 비린내가 났다. 어떤 화분에선 벌레가 알을 낳았다. 그래도 나진은 물 주기를 멈추지 않았다.

"집 안이 다 훤해졌겠네."

나진의 아버지는 현관에 있던 장보기용 카트에 포대를 싣고 공원으로 가 흙과 식물의 잔해를 쏟아버렸다. 그리고 잠시 허리를 두드리며 앓는 소리를 내고는 평소보다 늦은 아침운동을 하러 아파트단지 내 커뮤니티센터로 향했다.

나진이 방에서 나왔을 때 거실 바닥에는 흙이 흩뿌려져 있었고, 빈 화분들이 곳곳에 늘어서 있었다. 순간 식물들이 화분을 박차고 나와 쿵쿵대며 거실을 가로질러 발코니 너머로 뛰어내리는 장면이 떠올랐다. 이런 끔찍한 집에서 더는 못 살겠다, 화를 내며 창밖으로 몸을 던지는 식물들. 텔레비전에서 탁, 하고 공을 치는 소리가 들리고 박수소리가 터져나왔다. 아침운동을 마치고 소파에 앉아 있어야 할 아버지가 보이지 않았다. 그제야 나진은 아버지구나, 생각했다. 언젠가 정리해야 하긴 했다. 화분이 너무 많긴 했다. 항상 그랬듯이 아버지는 혼자 결정하고 혼자 처리했다. 그 뒷정리는 원래 어머니의 몫이었는데 이제 자연스럽게 나진의 일이 되었다. 쪼그려 앉은 채 맨손으로 흙을 쓸어 담으면서 나진은 40년이 넘는 결혼생활이 어머니에게 무슨 의미였을까 생각했다. 그리고 유방 절제술을 받기로 결정했다.

*

　어머니의 사십구재를 치르고 온 다음 날 아침, 아버지는 나진에게 유전자 검사를 받아보라고 했다. 나진의 어머니 집안 여자들이 유방암으로 많이 죽었다는 게 이유였다. 우리 집안에는 그런 유전자 없다. 아버지는 말했다. 나진의 할아버지는 비료 공장을 운영했는데 팔순잔치를 하던 날 아침에도 공장에 출근했다고 했다. 일흔을 넘긴 나진의 아버지도 매일 아침 같은 시간에 공장으로 출근하고 있었다. 나진은 아버지의 말에 대답하지 않았다. 항암치료가 10차를 넘어가자 어머니의 식도는 헐기 시작했다. 어머니는 혀가 갈라지는 갈증에도 물 한모금 넘기지 못했다. 목이 마르다고 다그쳐서 물을 주면 피 섞인 가래를 뱉으며 기침했다. 어머니의 핏줄은 자꾸 터졌고, 몸 곳곳이 푸

르뎅뎅하게 부었다가 까맣게 말라갔다. 나진은 절인 푸성 귀처럼 흐물흐물해져가는 어머니가 무서웠다. 두려움은 때로 어머니를 잃게 될지도 모른다는 슬픔보다 강렬했다.

나진이 고개만 주억거리고 검사를 받지 않자 아버지는 같이 밥을 먹을 때마다 유방암으로 죽은 어머니의 친척 이야기를 꺼냈다. 네 엄마의 이종사촌 하나는 처음에는 초기라고 해서 수술 받고 괜찮아진 줄 알았더니 1년도 안 지나서 다른 쪽에 또 암이 생겼는데 그거는 손쓸 수 없을 정도로 나빠져서 고생하다 죽었다. 다른 사촌 하나는 공무원이라 매년 정기검진을 받았는데도, 암이 발견됐을 때 4기였다더라……

"정말 유전자 때문이라고 생각하세요?"

텁텁한 된장찌개를 먹던 아침에 나진은 대꾸했다. 진단을 받았을 때 어머니는 이미 60대 중반이었고 직계가족 중에는 유방암 병력이 없었다. 그 나이에 생긴 암은 환경의 문제일 확률이 컸다. 그렇다면 아버지도 그 책임에서 자유로울 수는 없을 거라고 나진은 생각했다. 아버지가 특별히 나쁜 사람이어서는 아니었다. 아버지는 성실한 가장이었다. 친구도 좋아하지 않았고 술은 집에서만 마셨다. 취미는 골프뿐이었다. 나진과 어머니의 생일마다 꽃바구니를 보내고 호텔 베이커리에서 케이크를 사 왔다. 다만 아버지는 어머니가 술을 마시는 것을 끔찍하게 싫어했다. 외할머니가 알코올중독으로 객사했다는 게 이유였다. 외할머니처럼 어머니도 술을 한번 마시기 시작하면 끝을 모른다고 했다. 어머니가 밖에서 술을 마시고 들어오면 바로 싸움이 벌어졌다. 아버지의 집요한 추궁을 피해 어머니는 나진의 방으로 왔다. 나진이 잠든 척 누워 있는 침대에 올라와 들큼한 숨을 내뿜으며 속삭이곤 했다.

"너네 아빠 정신병자야."

어머니와 자주 술을 마시던 친구가 조금씩 돈을 빌려가다 사라진 이후로 부모는 사이가 좋아진 것처럼 보였다. 어머니는 전처럼 친구들을 만나지 않았고 술도 끊었다. 대신 취미를 늘려갔다. 백화점 문화센터에 다니면서 동양화, 도예, 분재를 배웠다. 모두 다 돈이 드는 취미였다. 아버지는 가끔 카드대금 청구서를 보고 잔소리하긴 했지만 화를 내지는 않았다. 화분을 모으는 취미는 분재를 배울 때 생긴 모양이었다. 아버지는 집에서 어머니가 깎아주는 과일에 위스키나 소주를 마셨고, 취기가 오를 때마다 술은 마셔서 좋을 게 하나도 없다고 말했다. 그리고 우리 가족은 안전하다고, 자기가 지켜주겠다고 큰소리쳤다. 혼자 술잔을 기울이던 아버지에게 어머니가 오랜만에 술을 따라주면서 유방암 진단을 알렸던 저녁 이후로, 나진은 생각하지 않을 수 없었다. 어머니가 아버지와 함께 술을 마실 수 있는 집이었다면 무언가 달라지지 않았을까.

아버지는 찌개를 한술 뜨고 버릇처럼 미간을 찌푸리면서 말했다.

"요새 기술이 얼마나 좋냐. 한번에 백만원이 넘는 신약 주사에, 표적 항암이며 방사선이며 할 수 있는 치료는 다 했는데도 네 엄마를 못 살렸으니 내 속에서 답답증이 생겨 그런다."

아버지가 어머니를 살리기 위해 노력했다는 것은 나진도 알고 있었다. 아버지는 매번 교수에게 특진을 신청해서 같은 말을 되풀이해 들었고, 할 수 있는 치료는 모두 시도했다. 어머니의 의사와는 관계없이. 재발 이후 항암치료를 13차까지 마치고 6개월도 지나지 않아 겨드랑이에 또 멍울이 생겼을 때 어머니는 치료를 받지 않겠다고 했다. 아버지는 병원 복도에서 휠체어를 타고 있는 어머니 앞에 무릎을 꿇고 앉아 어린애처럼 울며 말했다. 조금의 가능성이라도 있으면 해보자고, 안 그러면 자기가 앞으로 못 살 것 같다고. 어머니는 혈관이 다 터진 손으로 아버지가 울음을 그칠 때까지 아버지의 머리를 쓰다듬었다. 그때 나진은 처음으로 생각했다. 그래도 오랜 결혼 생활이 관성만으로 지속된 것은 아닌 모양이라고. 보이지 않는 힘이, 중력이, 혹은 흔히 사랑이라고 부르는 무언가가 그들을 묶어두고 있었다고.

나진은 결국 유전자 검사를 받았다. 의사는 친절하게 DNA구조까지 보여주며 나진이 BRCA-2형 돌연변이 유전자를 가지고 있다고 했다. 이 유전자가 '걸리면' 난소암과 유방암 확률이 각각 20, 40퍼센트씩 올라간다고, 의사는 확률게임의 규칙을 설명하듯 말했다. 2형이 1형보다 예후가 안 좋다는 연구가 있다는 설명도 덧붙였다. 하지만 현재로써 다른 이상은 없으니 난소와 유방 초음파검사를 6개월마다 받으라는 권고로 의사는 할 말을 마친 듯했다. 아버지는 질문이 있는 학생처럼 손을 들고는 어머니 친척들 이야기를 또 꺼냈다. 정기검진을 받아도 발견했더니 이미 말기인 그런 경우도 있는 거 아닙니까, 선생님? 의사는 정 불안하다면, 예방적 절제술이란 방법도 있다고 말했다. 암이 생길 수 있는 유선과 주변 조직을 미리 제거해주는 거라고 설명하면서 이 방법도 발병을 백퍼센트 막아주진 못한다고 강조했다. 세상에 백퍼센트는 없죠. 아버지가 말했다.

　그날 병원 지하 식당에서 곰탕을 먹으며 아버지는 앞으로 건강을 잘 챙겨야 한다고 엄숙한 목소리로 당부했다. 세상에 건강보다 중요한 건 없다. 네 몸은 네가 잘 돌봐야 한다. 논문 못 써도 된다. 교수 못 돼도 좋다. 너를 평생 먹여 살릴 돈은 있다. 그런 사소한 일에 스트레스 받지 말아라. 그런 말을 하며 아버지는 소금을 크게 떠 넣었다. 자기가 생각했던 대로 나쁜 유전자라는 게 있다는 것을 확인 받아 의기양양해 보였다. 나진은 마지막으로 치료를 더 받아보자고 떼쓰듯 울던 아버지에게 어머니가 했던 말이 떠올랐다. 할아버지를 닮아 머리가 새까만 아버지의 뒤통수를 쓰다듬어주고 난 뒤, 힘 빠진 팔을 던지듯 자기 무릎에 내려놓고 어머니는 그렇게 해,라고 말했다. 하자,가 아니라 해,라고. 어머니에게는 처음부터 결정권이 없었다. 아버지는 생존에 관해서라면 무자비했다.

*

　화분이 있던 자리에는 아무리 닦아도 지워지지 않는 자국이 남았다. 물때 같기도 하고 눌린 자국 같기도 했다.

부쩍 사나워진 초봄의 볕이 깊숙이 들어왔다 아무것도 건드리지 못하고 물러났다. 빛이 움켜쥘 잎사귀 하나 남아 있지 않았다. 흙을 대강 치우고 물걸레를 빨고 나온 나진은 잠시 거실 한구석에 서 있었다. 잎이 자꾸 아래로 처지는 몬스테라가 있던 자리였다. 손에 든 걸레에서 물이 뚝뚝 떨어졌다. 집안을 둘러보던 나진은 목이 늘어난 티셔츠 안으로 자신의 가슴을 내려다보았다. 걸레가 아니라 자신의 몸에서 물이 뚝뚝 떨어지고 있는 것 같았다.

다음 날, 나진은 병원에 전화를 걸었다. 진료를 예약하고 날짜에 맞춰 병원에 갔다. 검사를 하고 수술날짜를 잡았다. 공장에서 돌아온 아버지와 싱겁게 끓인 두부찌개를 먹으면서 나진은 수술을 받기로 했다고 말했다. 병원에서 다 해주니 아버지가 할 일은 없다고 바로 덧붙였다.

어머니가 입원해 있던 때에도 아버지는 병원에 오래 있지 못했다. 매번 당연한 듯 나진이 병실을 지켰다. 아버지는 공장을 비울 수 없었다. 순 도둑놈들밖에 없어서 자기가 가지 않으면 일이 제대로 돌아가지 않는다고 했다. 아버지는 점심때 한번, 퇴근하고 한번 병원에 들렀다. 나진이 어머니의 식사를 챙기고 밖에서 점심이나 저녁을 먹는 동안 와 있다가 나진이 오면 돌아갔다. 그동안 어머니와 어버지가 무슨 이야기를 했을지, 하기나 했을지 나진은 알지 못했다. 나진이 병실로 돌아가면 어머니는 항상 텔레비전이나 창밖을 보고 있었고 아버지는 이어폰을 끼고 휴대폰으로 주식이나 골프 유튜브를 보고 있었다.

나진은 물론 자기가 어머니 옆에 있어야 한다고 생각했다. 아버지는 집에서 유일하게 돈을 버는 사람이었다. 나진은 대학원 국문과에서 인터넷방송 언어에 대한 음운론 분석으로 석사학위를 받은 뒤 박사과정을 밟고 있었다. 공공기관 산하 기계언어 연구소에서 말뭉치 분류 작업에도 참여하고 있었지만 최저시급 정도를 받았다. 아버지는 술을 마실 때마다 어린 나진을 앞에 앉혀두고 자신이 스무살 때부터 할아버지의 공장에서 일하느라 형들처럼 대학에 가지 못했지만 결국 할아버지가 공장을 물려준 사람은 자기라고, 진짜 중요한 것은 학교에서 배울 수 없는 법이라고 되풀이해 말했다. 그러면서도 나진이 좋은 학교에 가기를, 공부를 계속하기를 바랐다. 나진은 성실한 학생이었지만 30년이 넘도록 공장을 운영하며 학비를 대주는 아버지의 능력에 비하면 대단한 것도 아니었다. 그럼에도, 가끔 어머니가 잠든 밤이면 딱딱한 보조침대에 누워서 자기가 여기에 있는 것은 아버지가 여기에 없기 때문이라는 생각을 하지 않을 수 없었다.

"결혼 생각은 없냐."

밥을 뜬 숟가락을 한참 물고만 있던 아버지가 물었다. 나진은 잠시 생각하는 척했다. 속으로 10초를 세고, 아마도요,라고 답했다. 아마도 앞으로 원하게 될 일이 없을 것 같다,라는 뜻이었지만 아버지에게는 아마도 못하지 않을까요,라고 들리길 바라면서. 아버지는 이가 부딪치는 소리가 날 때까지 밥을 씹었다. 요즘 젊은 애들은 다 결혼을 안 한다고 난리라더니. 아버지가 밥을 삼키는 소리가 적나라하게 들렸다. 아버지는 빈 잔에 소주를 따르고 잠시 바라보고 있다가 잘 아는 간병인이 있다고 했다. 너도 내가 옆에 있으면 불편하지? 아버지가 물었다. 나진은 대답하지 않았다.

*

나진은 병동 끄트머리에 위치한 2인실을 배정받았다. 창가 자리였다. 옆 침대는 커튼이 사방으로 쳐져 있었다. 커튼 틈으로 링거바늘이 꽂혀 있는 부은 발이 보였다. 아버지는 나진의 캐리어를 병실까지 옮겨준 뒤 간병인은 저

194

녁쯤에 올 것이라고 말하고 돌아갔다. 어머니는 한번도 간병인을 둔 적이 없었는데 아버지가 어떻게 아는 간병인이 있다는 것인지 궁금했지만 나진은 묻지 않았다.

해가 지기 전에 식대가 복도 앞에 도착했다. 나진은 금식을 해야 했다. 커튼 너머로 머리가 하얗게 샌 남자가 나와서 식판을 받아갔다. 남자가 나진 쪽을 슬쩍 곁눈질했다. 간호사가 들어와서 나진의 이름을 불렀다. 나진은 굵은 수술용 바늘을 손등에 꽂았다. 수액이 관을 타고 1초에 두방울씩 흘렀다. 커튼 안에서 식기가 부딪는 소리 사이로 속닥이는 말소리가 들렸다. 웬 젊은 여자가 혼자 와 있어. 그런 이야기를 했을까. 아니 나진은 더는 젊다고 할 수도 없었다. 짧은 웃음소리도 새나왔다. 나진은 자신의 웃음소리가 흐느끼는 소리 같다고 말했던 전 애인이 떠올랐다. 왜 그렇게 힘들게 웃어? 남자는 물었었다. 그와는 1년쯤 만나다가 지금은 기억나지 않는 이유로 헤어졌다. 그는 알고 있었던 게 분명했다. 나진이 처음부터 잘못되어 있었다는 것을.

창밖으로 보이는 낮은 산에 체육공원이 있었다. 사람들이 운동기구에서 몸을 움직이는 모습이 보였다. 창이 더러운 탓인지 미세먼지가 심하기 때문인지 공기에 얇은 막이 덧씌워진 것 같았다. 빛이 미지근하게 밝았다가 사그라들기 시작했다. 나진이 창밖을 보다 잠깐 잠이 든 사이에 간병인이 병실로 들어왔다. 간병인은 나진이 가져온 것보다 큰 캐리어를 끌고 왔다. 바퀴가 헐거운지 덜컹거리는 소리가 났다. 그 소리에 잠에서 깬 나진과 간병인의 눈이 마주쳤다. 간병인은 작은 체격이었고 뿌리까지 꼼꼼히 암갈색으로 염색한 머리를 집게핀으로 깔끔하게 고정하고 있었다. 막연히 아버지 또래일 것이라고 짐작하고 있었는데 아버지보다 훨씬 젊어 보였다. 얼굴이 넓고 이목구비도 컸다. 똑바로 내리쬐는 조명 아래 고르게 화장한 피부가 드러났다. 간병인은 보조침대에 짐을 내려놓고 입꼬리를 올리면서 나진에게 손을 내밀었다.

"나진씨 맞죠? 얘기 많이 들었어요."

나진은 간병인의 얼굴을 자세히 봤다. 저 아세요? 나진이 말했다. 아버지가 얘기 안 했나? 나 아버지랑 오랜 친군데. 여자의 말끝이 점점 짧아졌다. 내 이름은 김미형이에요. 반가워요. 미형은 그렇게 말하며 나진의 헐렁한 환자복 상의 속을 힐끔 들여다봤다.

"유방 절제 환자는 처음이지만, 유방암 환자는 여러번 맡았었어. 나 나름 전문가니까 걱정 말아요."

미형이 말했고 나진은 뭐라고 대답해야 할지 몰라 입을 닫고 있었다.

미형은 캐리어를 열어 짐 정리를 시작했다. 둘둘 말린 담요 사이에 커피 체인점 로고가 크게 박힌 머그컵, 수저, 그리고 성경책이 들어 있었다. 미형은 뒤이어 수건과 파우치, 품이 넉넉한 티와 바지까지 꺼내고 캐리어를 닫았다. 완전히 닫히기 전에 캐리어에서 꺼내지 않은 옷가지가 눈에 띄었다. 진한 청록색 니트였다. 어머니가 즐겨 입던 청록색 니트 카디건 같은. 장례식을 마친 후 아버지가 제일 먼저 정리한 것은 어머니의 옷이었다. 순간 나진은 미형의 얼굴을 다시 쳐다보았다. 미형은 사랑이라는 단어가 너무 많이 나오는 트로트를 흥얼거리며 화장실로 갔다.

나진은 미형이 화장실에 간 사이 미형이 침대 밑에 넣어둔 캐리어를 꺼내서 다시 확인해볼까 망설였다. 분명 선명한 청록색이었다. 그렇게 진한 청록색 니트가 흔하지는 않을 텐데. 어머니는 붉은색 계열을 좋아하지 않았다. 어머니에게 분홍과 빨강, 자주색은 촌스러운 색이었다. 아버지는 해외로 출장을 가거나 골프를 치러 갈 때마다 어머니에게 분홍색의 꽃무늬 스카프나 붉은색 립스틱 따위를 사다주었고 어머니는 한번도 그것들을 몸에 대지 않았다.

나진이 침대 밑을 골똘히 보고 있을 때 미형이 손에서 물을 털며 나왔다. 어머, 핸드크림을 안 가지고 왔어. 미형이 말했다. 손이 금세 건조해지는데 혹시 있어요? 미형이 물었고 나진은 없다고 답했다. 병실에 살림을 차리는 것도 아니고, 나진은 생각했다.

미형은 부산스럽게 움직였다. 간호사실에서 가습기를 받아와 씻어 말려놓고 소독용 티슈를 꺼내 창틀과 보조침대를 닦았다. 알코올 냄새가 매캐하게 떠돌았다. 나진은 집에서 가져온 추리소설을 꺼내 읽어보려 했지만 계속 미형에게 시선이 갔다. 밖이 완전히 어두워지자 미형은 씻어야겠네,라고 말하며 화장실에 갔다. 양치와 세수를 요란하게 하고 나와서 창틀에 꽤 큰 거울을 세워두고 기초 화장품을 발랐다. 미형의 맨얼굴은 지나칠 정도로 윤기가 돌았다. 미형이 거울 너머로 나진을 봤다. 눈이 마주쳤다.

"어머, 박사답다. 무슨 책 봐요?"

미형이 물었다. 두꺼운 음성학 개론서를 가져와서 박사답게 읽고 있었으면 어땠을까 생각하니 우스웠다. 나진이 추리소설이라고 대답했다. 재밌어요? 미형이 물었다. 나진은 그냥 범인이 알고 싶어서 읽는다고 말했다.

"나도 한때는 소설 참 좋아했는데. 언제부턴가 안 읽히더라고. 눈도 침침하고, 나랑 환자들 인생이 참 소설보다 더할 때도 많고."

나진은 이번에도 대답할 말이 떠오르지 않아 다시 책으로 시선을 돌렸다.

의사가 왔다. 나진의 수술을 집도할 교수는 아니었고 병동에 숙직하고 있는 레지던트였다. 젊은 남자 의사는 피곤한 얼굴로 수술은 림프까지 제거하는 완전 제거이며 부작용이 있을 수 있다고 말했다. 과다출혈이 가장 위험하고 림프절과 주변 조직이 완전히 제거되지 않을 가능성이 있으며 그럴 경우 추가적인 수술이 필요할 수도 있다고, 나진이 상담 때 교수에게 들었던 말을 반복했다. 미형은 자기가 보호자인 양 나진의 옆에 서서 고개를 끄덕이며 의사의 말을 주의 깊게 들었다. 그때 미형의 휴대전화가 울렸고, 미형은 네 오빠,라고 전화를 받으며 복도로 나갔다. 아니, 괜찮아요…… 오빠, 왜 그런 말을 해요. 그게 다 맘이 약해져서 그렇지. 그다음부터는 미형의 말소리가 점점 멀어졌다. 오빠라고? 의사가 나가자마자 나진은 휴대폰으로 아버지에게 전화를 해봤다. 통화 중이었다.

나진은 침대 밑에서 미형의 캐리어를 꺼냈다. 잠금장치

에 비밀번호가 설정되어 있었다. 0000과 1111, 1234를 시도해봤지만 열리지 않았다. 아버지가 준 미형의 휴대폰번호 뒷자리로도 해봤다. 열리지 않았다. 발소리를 못 들었는데 병실 문이 열리는 소리가 났다. 서둘러 캐리어를 침대 밑으로 넣다 손가락을 침대 레일에 찧었다. 나진은 벌겋게 부은 손가락을 이불 밑으로 감추고 주삿바늘이 꽂혀 있는 손으로 책을 짚었다. 바늘 주위가 욱신거렸다. 미형은 나진에게 뭐 필요한 게 있냐고 물으며 다가왔다. 나진은 고개를 저었다.

미형이 옆 침대에 텔레비전 좀 켤게요, 하고 말했다. 아무런 대답도 돌아오지 않았지만 미형은 리모컨을 눌렀다. 괜찮아, 괜찮아. 나진이 아무 말도 하지 않았는데 미형이 말했다. 미형이 드라마로 채널을 돌렸다. 아버지가 딸을 살리기 위해 과거와 현재를 넘나들며 모험을 벌이는 드라마였다.

"이렇게 똑똑하고 예쁜데 왜 애인이 없을까?"

보조침대에 앉아서 목을 빼고 텔레비전을 보고 있던 미형이 나진을 돌아보며 갑자기 물었다. 공부하느라 많이 바빠서? 미형이 물었고 나진은 그런 건 아니라고 대답했다. 텔레비전에서 아버지역의 남자배우가 아주 예쁘게 생긴 여자아이의 사진을 보며 울고 있었다.

"난 두번 결혼했고 지금은 혼자야. 두번 다 남편들이 참 길게도 앓다 가서 내가 병수발 했잖아. 암이랑 뇌졸중. 하나님의 뜻이었는지, 병원에서 살 운명이었나봐."

미형이 말했다. 나진은 책을 내려놓았다.

"저희 아버지랑은 어떻게 알게 되셨어요?"

미형은 어렸을 때 아버지와 한 동네에서 자랐다고 말했다. 작은 학교여서 동창모임을 학년 구분 없이 한꺼번에 했는데 거기서 다시 만나게 되었다고. 미형은 나진의 아버지가 다정한 성격이어서 주변 사람을 잘 챙기고, 자기가 어려운 일을 겪을 때도 도와준 적이 있다면서 나진의 걱정도 많이 한다고 말했다. 다정하다고? 나진은 아버지가 성실하다는 생각은 했지만 다정한 사람이라는 생각은 한번도 해본 적이 없었다.

"아버지가 많이 외로워하시니까 나진씨가 수술 잘 이겨내고, 잘해드려요. 안 그래도 공장 파산하고, 아내도 잃었는데 딸까지 입원해 있으니 얼마나 힘들겠어."

미형이 말했다. 파산? 나진은 공장에 문제가 있다는 얘기를 들어본 적이 없었다. 아버지는 매일 출근하고 있었고 며칠 전에도 오래된 배합기를 새것으로 교체했다고 자랑스레 말했었다. 미형이 계속 이야기했다. 아버지가 힘드셔서 내가 다른 간병인들보다 좀 적게 받고 나진씨 맡겠다고 한 거야. 난 이 생활 오래 했으니까 마음 푹 놓고 수술 잘 받아요. 나진은 아버지가 충분히 간병비를 낼 수 있다는 것을 알았지만 아무 말도 할 수 없었다.

나진은 침대를 평평하게 하고 누웠다. 드라마 속 아버지가 골목에서 누군가를 쫓느라 열심히 달리고 있었다. 나진은 아버지에 대해 약간의 부끄러움을 느꼈다. 그런 거짓말은 왜 했지? 간병비가 그렇게 아까웠을까? 아버지는 돈에 인색한 편이 아니었다. 어머니에게는 종종 잔소리를 했지만 나진의 교육비에는 언제나 관대했다. 의문은 곧 미형에 대한 적의로 변했다. 미형이 돈 때문에 아버지와 가까이 지내는 게 아니라면 정말로 아버지가 좋은 사람이라고 믿거나 어쩌면 아버지를 사랑하고 있는 것인지도 몰랐다. 어느 쪽이든 이상했다. 드라마 속 아버지가 과거로 돌아가서도 딸을 살리는 데 실패하고 울부짖었다. 왜 저를 이런 시험에 들게 하시냐고.

시험이구나.

나진은 직감적으로 알았다. 아버지가 미형을 시험해보려는 것이구나. 이 사람이 자신을 위해서 어느 정도까지 해줄 수 있는지. 어머니와 달리 자신을 끝까지 돌볼 수 있는 사람인지 아버지는 궁금하겠지. 미형은 한눈에도 나진의 어머니와 전혀 다른 사람처럼 보였다. 어머니는 한번도 직업을 가진 적이 없었다. 아버지의 말에 따르면 땅부잣집 막내딸이라 세상물정을 몰랐다. 어머니는 화분을 사들이기 시작하면서 점차 집밖으로 나가지 않았다. 아주 온실 속의 화초구만. 백화점에서 산 고급 실내복을 입고 정성껏 난의 잎사귀를 닦고 화분을 돌보는 어머니를 보면서 아버지는 말하곤 했다. 어머니는 들은 척도 하지 않았다. 병실에 입원해 있는 동안 어머니는 몸도 많이 약해졌지만 마음을 완전히 닫아버렸다. 나진이 퇴원하면 뭘 하고 싶냐고 물어보면 집에 가잖아,라고 말했다. 집에 가는 건 당연한데, 뭐 하고 싶냐고, 뭐 먹고 싶은 거 없냐고 물어보면 고개를 저었다. 나는 그놈의 집에서 한발짝도 못 벗어나고 죽을 거다. 어머니는 말하곤 했다.

　미형은, 그럴 사람 같아 보이지 않았다. 어머니처럼 아버지의 밥을 차리면서 시간을 보내고 백화점에서 산 옷과 비싼 취미를 누릴 사람 같지 않았다. 아버지에게는 남은 삶을 함께할 사람이 필요하겠지. 아버지는 정말 건강한 편이니까. 나진은 아버지에게 무엇이 필요한지 알 것

같았다. 미형은 아주 적절한 선택 같기도 했다. 하지만, 그
래도, 겨우 1년인데. 나진은 이불을 턱 끝까지 끌어당기
고 이불 속에서 자기 가슴을 만지다가 잠들었다. 항상 가
슴이 조금만 더 컸으면 좋겠다고 생각했었는데, 우습게도
여전히 그랬다.

　새벽에 나진은 잠에서 깼다. 미형이 코고는 소리가 들
려왔고 가까이서 무언가 둔탁하게 부딪치는 소리가 났다.
처음에 나진은 누가 벽에 머리를 박는 소리라고 생각했
다. 나진은 무심코 팔을 뻗어 커튼을 젖혔다. 옆 자리의 남
자 보호자가 손을 모아서 두피가 훤히 드러난 중년 여자
의 등을 일정한 리듬에 따라서 쳐주고 있었다. 퍽, 퍽퍽 퍽
퍽. 몸이 텅 빈 고목처럼 느껴지는 소리였다. 아주 오랫동
안 그 소리가 반복된 후에야 여자가 겨우 가래를 뱉었다.
나진은 다시 커튼을 치고 눈을 감았다.

＊

　다음 날 늦은 오전에 나진은 수술실로 들어갔다. 나진
이 아침 일찍 눈을 떴을 때 미형은 옷을 갈아입고 화장한
얼굴로 나진의 손을 잡고 기도를 해주겠다고 했다. 나진

은 거절하지 못했고, 미형은 나진이 놀랄 정도로 큰 소리로 기도를 했다. 얼마 안 돼 아버지가 왔다. 아버지와 미형은 나진의 침대를 따라 수술실 앞 복도까지 왔다. 나진은 간호사의 안내대로 마취가스를 마신 뒤 눈을 감고 셋을 셌다. 그리고 눈을 떴다. 그사이에 수술이 끝나 있었다. 나진은 눈을 다시 감았다. 간호사가 나진에게 이름과 나이를 물었다. 나진은 자기 나이를 스물아홉이라고 잘못 대답했다. 서른, 서른아홉이요. 나진이 다시 말하자 간호사가 괜찮다고, 수술 잘 끝났다고 말했다. 간호사는 무통주사 사용법을 알려주고 보호자를 불렀다.

아버지와 미형이 들어왔다. 나진은 눈을 계속 감고 있었다. 목이 마르고 입안에 거즈가 박혀 있는 것처럼 답답했다. 가슴에 붕대가 감겨 있어서 숨 쉬기도 불편했다. 수술 부위의 통증은 가장 나중에 찾아왔다. 압박붕대 사이로 눌려 있던 살들의 감각이 조금씩 회복되면서 생리 전에 가끔 느꼈던 유방통과 비슷한 통증이 시작되었다. 그때는 가슴이 오그라드는 듯한 느낌이 지속되다가 유두가 어딘가에 스치기만 해도 통증이 부비트랩처럼 가슴 곳곳에서 터지곤 했었다. 이제 유방조직이 사라졌다는 것을 알면서도 자꾸만 붕대 위로 손이 올라갔다. 미형이 나진의 손을 잡아 끌어내리고 거즈에 물을 축여 나진의 입술에 대주는 동안 아버지는 미형의 곁에 서서 발끝을 내려다보고 있었다.

"부모 잘못 만나서 네가 고생이구나."

아버지가 눈가를 비비며 중얼거렸다. 부모가 아니라 어머니를 잘못 만나서 고생한다고 말하고 싶은 거겠지.

"미형아, 나진이 잘 좀 봐줘. 이게 무슨 생고생이냐. 멀쩡한 가슴을 떼어내고."

아버지가 미형의 손을 잡았다. 미형이 손을 빼지 않고 고개를 끄덕였다. 나진은 간호사가 쥐여줬던 무통주사의 조작 버튼을 여러번 눌렀고 곧 잠들었다.

다시 눈을 떴을 때 나진은 회복실에서 병실로 옮겨져 있었고, 유리창 바로 너머에 해가 있는 듯 빛이 무겁게 쏟아져 내렸다. 눈이 빛에 익고 나서 보니 해는 아주 멀리서 지고 있었다. 텔레비전이 켜져 있었고 미형이 등을 보인 채 보조침대에 앉아서 바스락거리는 소리를 내고 있었다. 캔을 따는 소리와 기포가 빠지는 소리가 연달아 들렸다. 나진은 어지러움을 느끼며 고개를 약간 틀었다. 미형은 텔레비전을 보며 과자를 집어서 치즈소스에 찍어 먹고 단숨에 맥주 한캔을 비웠다. 맥주가 목으로 넘어가는 소리가 들렸다. 나진은 입술이 완전히 말라 있었고 마취하는 동안 호스를 넣어놨던 목에서 가래가 끓었다. 물이 마시고 싶었다. 나진은 물을 달라고 말하려 했지만 목소리가 잘 나오지 않았다. 대신 잔기침이 쏟아져 나왔다. 수술한 부위에 싸한 통증이 퍼졌다. 미형이 나진을 돌아봤다. 빛을 받은 미형의 얼굴이 처음으로 아름다워 보였다. 미형이 천천히 다가와 젖은 거즈로 나진의 입술을 닦아주었다. 미형에게서 달큼한 숨 냄새가, 아니 술 냄새가 났다. 나진은 다시 잠이 들었다.

나진이 눈을 뜨자 미형이 바로 알아차리고 다가왔다. 밤이었고 이번에는 술 냄새 대신 지독한 입냄새가 났다.

"가래 좀 뱉을까?"

미형은 냉장고 위에 있는 비닐봉지 팩에서 봉지 한장을 뽑아와 나진의 얼굴 아래 받쳐주었다. 나진은 가래를 뱉으려고 숨을 모았지만 잘 되지 않았다. 미형이 등을 살짝 두드렸다. 나진은 미형의 손을 쳐냈다. 아파도 뱉어내야 돼, 미형이 엄한 선생님처럼 말했다. 나진은 거품이 끓는 가래를 겨우 한번 뱉어내고 다시 누웠다.

나진은 진통제에 취해서 이틀을 보냈다. 셋째날에 수술을 집도했던 담당교수가 병실로 찾아왔다. 교수는 떼어낸 조직을 검사실로 보내서 암세포가 자라고 있었는지 살펴봤는데 다행히 그렇지는 않았다고 말했다. 나진은 다행이란 말을 이럴 때 쓰면 안 된다고 생각했고, 미형은 정말 다행이네요,라고 말했다. 교수가 수술 부위를 보자고 했다. 교수를 따라온 인턴과 간호사가 커튼을 치고 나진의 환자복을 벗겼다. 나진은 팔을 들기만 해도 느껴지는 통증 때문에 허리를 펴기조차 어려웠다. 미형이 침대를 세우고 나진을 조금씩 움직여서 침대에 걸터앉혔다. 나진은 미형이 커튼 밖으로 나가주었으면 했다. 미형은 보호자도 아니었고 보호자라고 해도 나진의 수술 부위를 볼 필요는 없었다. 하지만 아무도 미형이 커튼 안에서 자리를 차지하고 있는 것에 대해 신경 쓰지 않는 것 같았다.

간호사는 붕대를 풀고 인턴이 소독하기 편하도록 나진의 팔을 양쪽에서 잡았다. 나진은 마리오네트처럼 우스운 자세로 양팔을 붙잡힌 채 창밖을 봤다. 체육공원에서 좌우로 허리를 돌리거나 상하로 몸을 들었다 내리는 사람들이 보였다. 공기가 맑아 보였다. 순간 유리창에 얼굴이 비쳤다. 나진은 얼른 시선을 내렸다. 유두를 가운데 두고 위아래로 한뼘 정도 되는 절개선이 실로 봉합되어 있었고 조금씩 흘러나온 피가 굳어서 엉겨 있었다. 살이 다 아물지 않아서 봉합실 사이로 갈라진 틈이 보였다. 영영 닫히지 않을 것 같아 보였다. 교수가 지켜보는 동안 인턴이 식염수가 묻은 솜으로 피를 닦아내고 알코올솜을 집게로 집어 봉합 부위를 툭툭 문지르듯 닦아냈다. 인턴의 손은 조금 떨렸고 가끔은 너무 세게 눌러 닦았다. 나진은 온 힘을 다해서 비명을 참았다.

문득 나진은 침대 끝 쪽에 멀찍이 서 있던 미형이 점점 가까이 다가오는 것을 알아차렸다. 미형의 그림자가 서서히 나진의 몸 쪽으로 길어졌다. 미형은 미간을 약간 찡그린 채 더러운 것에 매혹당하는 사람처럼 나진의 수술 부위를 집요하게 들여다보았다. 소독이 끝나자 간호사가 나진을 안다시피 하며 붕대를 감아줬다. 간호사의 목덜미에서 진한 머스크 향이 났다. 나진은 이유를 알 수 없는 수치심을 느꼈다. 교수는 수술 부위가 잘 아물고 있으며, 염증 수치는 정상보다 약간 높지만 문제될 수준은 아니라고 말했다. 그리고 간호사에게 무언가 빠르게 지시한 뒤 병실을 나갔다.

간호사는 남아서 무통주사를 떼어내고, 소변 줄도 뺀다음 이제 화장실을 가도 된다고 말했다. 환자분 하루에 한번씩 복도 돌면서 운동시켜주세요, 간호사가 미형에게 말했다. 나진은 지금 이렇게 아픈데 어떻게 운동을 하냐고 물었다. 간호사는 통증이 그렇게 심하지는 않을걸요? 라고 되받았다. 나진은 여전히 수술 부위가 무언가에 스치기만 해도 통증에 시달렸다. 통증은 더 나빠지지도 좋아지지도 않은 채 비주기적으로 반복되었다.

소변 줄을 뺐지만 나진은 침대 밖으로 몸을 움직일 수 없었다. 결국 침대에 누운 채 허리만 들어서 소변 통에 오줌을 싸야 했다. 나진이 혼자 하겠다고 했지만 미형은 커튼을 치고는 나진의 환자복 하의와 팬티를 벗겨서 자기가 한번 빨아주겠다며 창가에 던져놓았다. 나진은 커튼이 쳐진 침대에서 소변을 봤다. 소변이 플라스틱 통에 튀는 소리가 적나라하게 들렸다. 텔레비전이라도 켜둘걸. 나진은 뒤늦게 생각했다. 미형은 소변 통을 비우고 팬티를 빨아서 창틀에 널어둔 뒤 침대 밑에서 나진의 캐리어를 꺼냈다. 비밀번호가 뭐예요? 미형이 물었고 나진은 네자리의 번호를 말해주었다. 그거 맞아요? 안 열리는데. 나진은 맞다고 말했다. 생일로 비밀번호를 설정했기 때문에 헷갈릴 리가 없었다. 미형은 계속 번호판을 돌려보더니, 캐리어를 도로 집어넣고 자기 캐리어를 꺼냈다. 내 거라도 우선 입고 있어요. 미형이 레이스가 달린 흰 실크 팬티를 꺼냈다. 나진은 늘 면 팬티만 입었다. 다리를 들어보라는 미형의 말에 나진은 순순히 다리를 들었다. 아직 아기 같네. 미형이 말했다. 팬티의 매끈한 촉감이 생각보다 나쁘지 않았다.

그날 밤 나진은 통증 때문에 잠에서 깼다. 자기도 모르게 손으로 가슴 주위를 더듬고 있었다. 수술 부위의 통증보다 거즈가 축축이 젖은 느낌이 더 신경 쓰였다. 나진은 미형을 불렀다. 미형은 성경책을 베고 담요를 몸에 둘둘 만 채 약하게 코를 골며 잠들어 있었다. 나진은 통증을 참아가며 팔을 뻗어 미형의 어깨를 건드렸다. 미형은 파리를 쫓아내듯 나진의 손을 쳐냈다. 저기요, 저기요…… 천천히 잠에서 깬 미형이 얼굴을 찌푸리며 자리에서 일어났다. 왜 그래? 미형이 물었고 나진은 간호사를 불러야 할 것 같다고, 피가 새는 것 같다고 말했다. 그러자 미형이 불을 켜고 나진의 환자복 단추를 풀었다. 그리고 헐렁하게 감은 붕대를 아래로 내려서 거즈를 확인했다. 아니야, 피없어. 미형은 나진의 가슴을 한참 더 들여다보고, 손으로 거즈를 살짝 만져보았다. 안 젖었어. 나진도 자신의 가슴을 내려다보았다.

"끔찍하죠."

나진이 말했다.

"난 더한 것도 많이 봤어."

미형이 말했다.

"나 처음 일 시작했을 땐 호스피스 병동에만 불려갔어. 일 시작하면 왠지 꼭 그렇게 어려운 환자들한테만 불려가게 된다? 처음 본 환자가 할머니였는데 설암이었거든. 입을 못 다물 정도로 암이 커졌는데 목에 호스로 유동식 넣어주니까 쉽게 못 돌아가시더라고. 그 할머니 정신력은 좋아서 맨날 나를 이렇게 툭툭 건드려. 그리고 손으로 내 등이나 손에 뭔가 쓰는 거야. 처음엔 잘 못 알아들었는데, 나중에는 다 알아들었지. 맨날 하는 얘기가 나보고 브라자 좀 입으라는 거, 그리고 자기 아들이 사기꾼이라는 거였어. 그 아들 꽤 유명한 감자탕 체인점 사장이었는데, 나 그 이후로 그 집은 안 가잖아."

"저희 아빠 돈 많아요."

나진이 말했다.

미형이 나진의 손을 잡고 글씨를 쓰기 시작했다.

"이건 내 비밀이야."

다 쓰고 나서 미형이 말했다. 나진은 글자들이 어디서 끊기고 어디서 시작되는지 전부 알 수 있었다. 내가 만난 남자는 다 죽었어. 나진은 미형이 그렇게 적었다고 생각했다.

냉장고 위에 쌓여 있던 과자가 한두개씩 줄어들고 있었고 미형이 그 과자를 먹을 때마다 맥주를 마셨다는 것을 나진은 알았다. 미형은 매일 성경책을 베고 잤고, 정성 들여 화장했다. 거울을 보고 있는 시간이 많았고, 거울 너머로 나진과 눈을 마주치기도 했다. 나진은 바로 눈을 돌렸지만 미형은 나진을 보며 웃었다. 병원에 입원해 있는 동안 나진의 피부는 얇아지고 건조해졌다. 미형은 수건에 물을 적셔 나진의 얼굴을 닦아줬고, 밤마다 드라마를 보면서 스트레칭을 했다. 미형의 몸은 유연했다. 아버지는 해가 질 때쯤 와서 어두워지기 전에 미형과 함께 저녁을 사 먹고 집으로 돌아갔다. 미형은 병원 밖으로 나갈 때는 따로 챙겨 온 한벌의 외출복으로 갈아입었다. 청록색 니트 카디건이었다. 엄마의 옷과 비슷한 것 같기도, 전혀 다른 것 같기도 했다. 나진은 아버지가 미형과 함께 걸을 때 허리에 힘을 주고 있다는 것을 알 수 있었다. 미형은 저녁을 먹고 온 뒤 나진에게 매번 오늘은 날씨가 참 좋다고 말했다. 소독을 받을 때도 처음만큼 아프지 않았다. 나진은 통증에 대해서 몇번 말했지만 교수는 시간이 지나면 차츰

팬찮아질 거라는 이야기만 반복했다.

퇴원 전날 밤, 나진은 통증이 영영 사라지지 않을 것이라는 것을 깨달았다. 그리고 어머니가 어떤 사람이었는지 전혀 몰랐으며 앞으로도 알 수 없으리라는 것도.

나진이 입원하기 전 어머니의 일주기가 되어 납골당에 다녀오던 길에 아버지는 네 엄마는,이라고 시작하는 말을 늘어놓았다. 네 엄마는 진밥보다 꼬들밥을 좋아했는데. 다른 김치는 하나도 못 담그면서 나박김치만은 맛있게 했는데. 네 엄마가 너를 낳을 때 죽을 뻔했던 걸 알고 있냐. 네 엄마가 나한테 말 한마디 없이 쌍꺼풀수술을 하고 온 날 기억하냐…… 그런 건 같이 사는 사람이면 알고 싶지 않아도 알 수밖에 없는 사실들이었다. 그 말들을 아무리 쌓아도 어머니가 정말 어떤 사람이었는지, 무엇을 좋아하고 무엇에 분노했으며 어떤 순간에 평온했고 또 어떤 순간에 불안했는지 전혀 알 수 없었다. 그런 말을 자랑스레 늘어놓는 아버지를 보면서 나진은 알고 싶지 않아도 알 수밖에 없었다. 아버지와 자신이 근본적으로 같은 사람이라는 것을. 자기 또한 단 한번도 어머니가 어떤 사람인지 궁금해하지 않았다는 것을.

퇴원하고 집으로 가는 길에 아버지가 미형이 잘 보살

퍼주었냐고 물었다.

　"좋은 분이에요."

　나진이 말했다. 아버지는 흡족하다는 듯이 웃었다.

사태

경주는 희도와 보정 부부와 근처에 작은 계곡이 있는 별장에서 하룻밤 자고 오기로 했다. 별장은 셋 중 누구의 것도 아니었다. 희도의 직장 선배가 할머니가 돌아가신 뒤 방치된 시골집을 수리해 별장으로 쓰면서 돈을 조금씩 받고 주변 사람들에게 빌려준다고 했다. 펜션이나 호텔의 절반도 안 되는 값이라 성수기에는 예약이 꽉 차 있어 날짜를 겨우 받았다고 희도는 말했다. 경주는 반려견을 두고 외박하는 것이 내키지 않았지만 늘 그랬듯 부부의 제안을 거절하지 못했다.

희도와 보정은 대학교 1학년 때 경주의 소개로 만나기 시작했고 2학년 여름방학 중에 보정이 임신하면서 동거를 시작해 졸업 후 결혼했다. 경주는 희도와 보정이 부부로서 통과해온 주요 기념일에 대부분 함께했다. 학기말 시험기간에 맞았던 아이의 돌, 학교 앞 자취방에서의 집들이, 희도의 전역날과 첫 월급날. 더 사적이고 내밀한 순간에도 경주는 그 부부 곁에 있었다. 보정은 출산 후 발생한 몸의 변화에 대해, 마치 의사에게 증상을 보고하는 환자처럼 경주에게 이야기했다. 젖몸살은 가슴에 불이 붙는 것 같은 느낌, 아니 불에 타는 돌덩이를 누가 가슴에 쑤셔 넣어둔 것 같은 느낌이었다든가, 머리숱이 얼마나 줄었으며, 날이 습해지면 골반에 한번도 겪어보지 못한 날카로운 통증이 느껴진다든가 하는 이야기들.

술을 전혀 하지 못하는 보정 대신 희도의 주정을 들어주는 사람도 경주였다. 누나, 보정이가 아이를 낳기로 한 건 희생이고 내가 책임지는 건 당연한 거야? 애들이 내 앞에서는 애국자라느니, 진짜 남자라느니 그런 말 하면서 뒤에서 나 쓰레기 취급하는 거 다 알아. 경주는 동기들보다 나이가 두살 많고 희도가 보정을 소개시켜달라고 부탁하기 전까지 희도가 자기를 좋아한다고 착각하고 있었다. 그 착각 때문에 경주는 서둘러서 희도와 보정이 만나는 자리를 주선해주었고 그들이 아이를 낳고 결혼을 하게 된 후에도 대상이 불분명한 죄책감을 가지고 있었다.

희도와 보정이 사는 도시에서 계곡으로 가는 고속도로

를 바로 탈 수 있었기 때문에 경주가 아침에 지하철을 타고 그 도시까지 갔다. 부흥기가 지난 수도권 공업도시였는데 오래된 주택가에 희도네 부모님이 소유하고 있는 빌라가 있었다. 부부는 꼭대기 4층에서 살았다. 빌라는 희도의 할아버지가 베트남전에서 모은 돈으로 구매한 뒤 희도 아버지에게 물려준 것이라고 했다. 할아버지는 하사관으로 참전했는데, 전투수당과 월급의 대부분을 한국으로 송금하던 동료들과 달리, 받은 돈의 일부만 가족에게 보내고 나머지는 모아두었다가 귀국 후 한번도 가본 적 없던 도시에 빌라를 구매했다. 그리고 죽기 전까지 부인에게도 말하지 않았다. 빌라에는 총 여덟 세대가 살고 있었다. 보정은 경주에게 3층에 여자 둘과 고양이 한마리가 사는데 그들이 커플인 것 같다고 말한 적 있었다. 경주가 알기로 희도의 부모님은 남쪽 지방에 살고 있었고 보정의 부모님네도 차로 두시간 거리였다. 보정의 어머니가 아이가 태어난 후 그 집에 머물면서 산후조리를 도왔지만, 자기네는 보태준 것 하나 없는 사돈집이라 눈치 보인다면서 한달도 못 있고 돌아갔다고 했다. 보정은 그 집에서 혼자, 아니 희도와 단둘이 아이를 키웠다.

경주는 희도가 알려준 대로 4번 출구로 나와 사거리 모퉁이에 서 있었다. 지하철역이 있는 사거리인데도 그늘을 드리울 만큼 큰 건물이 없었다. 햇볕이 살갗에 유리조각처럼 박히는 여름이었다. 금세 긴 머리카락이 덮고 있는 목덜미가 축축해졌다. 약속 시간에서 10분쯤 지났을 때 흰 승용차가 눈에 들어왔다. 경주가 뒷좌석에 타자 보정이 보조석에서 오트밀 쿠키를 내밀었다. 언니, 아침 안 먹었지? 단백질 쿠키야. 은근히 든든해. 보정은 요새 그 쿠키로 세 식구가 아침을 때운다고 했다. 더워서 밥은 못 하겠고, 넘어가지도 않아. 쿠키는 적당히 달고 부드러웠지만 목이 막혔다. 경주가 가방에서 물을 꺼내 마시는 동안 보정은 오늘이 아이가 엄마 아빠 없이 보내는 첫 밤일 거라고 말했다. 아이는 누가 봐주냐고 물으니 보정의 동생이 곧 유아교육과를 졸업할 예정인데 실습이라 생각하고 오늘 하루 봐주기로 했다고 했다.

"아침에 애가 자는 동안 조용히 짐 챙겨서 나왔어. 꼭 자식 버리고 도망가는 사람처럼."

보정이 뒤로 젖혀놓았던 조수석을 앞으로 당기면서 말했다.

"도망 맞지 뭐."

희도가 운전대에서 손을 까딱거리면서 대꾸했다. 차 스

피커에서 빠르고 경쾌한 여자아이돌 음악이 나오고 있었다. 경주는 요새 아이가 유치원에 잘 다니냐고 물은 뒤 진동이 울린 휴대폰을 확인했다. 반려견 호텔에서 관찰 카메라에 접속할 수 있는 링크를 보냈다. 그날 아침 일찍 경주는 강아지를 실시간 영상을 제공하는 반려동물 전용 호텔에 맡겼다. 1박에 10만원가량의 숙박비를 내야 했지만, 엄마에게 다시 맡기는 것보다는 나은 선택이라고 생각했다.

2년 전쯤 직장 동료들과 대만으로 2박3일 여행을 갔을 때 경주는 엄마에게 강아지를 맡겼다. 아이가 감기를 앓은 뒤여서 맑은 콧물을 흘리고 있었다. 콧물이 나오면 부드러운 티슈로 살살 닦아주기만 하면 된다고 경주는 당부했다. 대만에서 돌아온 경주는 유명한 쿠키 세트와 면세점에서 산 명품 립스틱을 엄마에게 주고 강아지를 데려왔다. 자취방에 도착해서 확인해보니 아이의 코 안쪽이 빨갛게 헐고 염증이 생겨 있었다. 경주는 엄마에게 전화를 걸어 콧물을 닦아주긴 했냐고 물었다. 내가 개 콧물까지 닦아줘야 하니? 엄마는 되물었다. 경주는 엄마가 강아지를 좋아하지 않는다는 것을 알고 있었지만, 책임이 무엇인지는 아는 사람이라고 믿었다. 엄마는 혼자서 경주와 오빠를 키워냈고 어린 남매 앞에서 돈이 없다거나 나도 힘들어, 같은 말을 한번도 한 적이 없었으니까. 영어학원에서 학부모 상담을 하며 경주는 꽤 많은 부모가 아이에게 너도 여기 학원비 얼만지 들었지? 우리 부자 아니니까 열심히 해야 해,라는 식으로 말한다는 것을 알게 되었다.

"누나, 요새 유치원을 어떻게 가. 그냥 종일 보정이만 고생하는 거지. 보정이 좀 쉬게 하루라도 조용하고 시원한 데 다녀오자고 한 거야."

희도가 말했다.

"그럼 둘이 가지, 나는 굳이 왜 달고 가는데."

경주가 묻자 희도가 백미러로 경주를 슬쩍 보면서 그게, 사실은 서프라이즈로 하려고 했는데……라며 말을 끌었다.

"원래는 내가 잘 아는 형도 같이 가려고 했어. 좋은 사람이라서 누나도 알게 되면 좋을 것 같아서. 누나처럼 영어도 잘하고, 수입차 딜러거든. 돈도 잘 벌어. 근데 갑자기 사정이 생겼다고 못 온다네."

"사진 보고 안 오는 거 아니고?"

경주가 말하자 보정은 웃었고 희도는 정색했다.

"진짜 그런 거 아니야. 엊그제인가 그 수입차 브랜드 리콜 한다는 뉴스 봤지? 휴가 낼 수 있는 상황이 아니라고 하더라고."

경주는 몇주 전쯤 택시에서 라디오 뉴스로 한 수입차 브랜드가 배기가스 저감장치 성능을 조작했다는 보도를 들었던 기억이 났다. 결국 리콜 하나보네. 경주는 말하면서 호텔에서 보내준 링크로 들어가 실시간으로 관찰 카메라에 접근할 수 있는 앱을 받았다. 앱이 다운받아지는 속도가 느렸다.

"개새끼들 아니야."

보정이 말했다. 줄곧 휴대폰만 보고 있던 경주는 화면에서 눈을 떼고 새삼 주위를 둘러봤다. 빈 생수병, 뭉친 휴지, 레고조각 등으로 너저분한 차 안 어딘가로 그 말이 툭 떨어지기라도 한 것처럼.

여름이 계속 길어지고 있는 것 같지 않아? 보정이 말했다. 여름 내내 우리 집이 얼마나 더운지 아무도 모를 거야. 옥상에서 내려오는 열기가 머리 위를 짓누르는 것 같아. 숨을 쉴 때마다 열 덩어리가 같이 들어와. 에어컨을 24시간 틀 수는 없잖아. 그럴 때 애가 안아달라고 나한테 붙어 오면 미칠 것 같아. 어린애의 체온이 얼마나 높은지 모르지. 나는 아이한테 지금은 너무 더워서 너를 안아줄 수 없다고 말해. 그럼 아이는 더위가 아니라 나를 원망해.

이번 여름에 북미 서부는 이상기온으로 기온이 50도까지 올라서 철근이 휘어지고 호수가 증발했대. 평균기온이 2도만 올라가도 지구 생물의 70퍼센트가 멸종될 거래. 나는 바이러스가 인류를 지구에서 털어내려는 지구의 발악 같아. 어디서 봤는데, 환경에 무리를 주지 않는 적정 인구수가 20억 아니면 30억 정도라는데, 2050년이 되면 인구수가 90억이 될 거라니까, 인구의 삼분의 이를 털어내야 지구가 살 만해진다는 거지…… 보정은 이런 말들을 평온한 목소리로 했다. 희도는 보정의 이야기가 익숙한 듯 별다른 대꾸 없이 음악 소리를 조금 키웠다. 경주는 정말? 심각하네,라고 말했지만, 이미 아이를 낳은 사람이 석유로 움직이는 차를 타고 가며 할 얘기는 아닌 것 같다고 생각했다.

"오늘 오후에 소나기 온다던데, 심각한 건 아니겠지?"

희도가 보정의 말을 끊어내듯 말했다.

"계곡은 물이 금방 불어서 위험할지도 몰라."

보정이 아무렇지 않게 희도의 말을 받았다. 그들은 도심을 가로지르는 고속도로를 타고 한강을 지나고 있었다. 하늘은 맑았고 강물은 검었다. 구름이 단단해 보였다. 도시가 멀어지면서 한강 둔덕 위로 철조망과 초소가 나타났다. 이렇게 화창한데 비가 오려나. 경주는 중얼거리며 다시 휴대폰 화면을 켜고 다운받아진 앱에 로그인을 시도했다. 그 앱은 같은 카메라 모델을 사용하는 업체들이 모두 사용하는 플랫폼이어서 업체별로 계정이 따로 있었다. 호텔에서 보내준 대로 아이디와 비밀번호를 입력했는데 '존재하지 않는 계정'이라는 메시지가 떴다. 다시 입력해봤지만, 결과는 마찬가지였다. 몇번 더 시도해본 뒤 경주는 아이디와 비밀번호를 확인해달라고 호텔 측에 문자를 보냈다. 하늘이 조금씩 어두워지는 것도 같았다. 구름의 색이 탁해졌다. 먹구름이 몰려오고 있는 건지 잠깐 그림자가 진 건지 알 수 없었다.

스피커에서 연신 산뜻한 여자아이돌 노래들이 나왔다. 차창 밖으로 산이 가깝게 보이기 시작했다. 언니, 얘가 요새 이 아이돌에 빠져 있어. 보정이 말했다. 집에서 잘 때까지 유튜브로 얘네 영상만 봐. 노래 좋지 않아? 희도가 말했다. 우리 애들은 그냥 예쁘고 춤 잘 추는 게 다가 아니라, 스토리가 있어. 경주는 희도의 말을 들으며 로그인을 다시 시도했다.

아이는 주인에게서 학대받다 구조된 후 유기견 보호소에 있었다. 안락사 예정일 일주일 전쯤, 경주가 자주 가는 인터넷 커뮤니티에 입양자나 임시보호자를 찾는다는 글이 올라왔다. 경주는 그 글을 보고 뒤로가기를 누를 수 없었다. 아이는 말티즈와 푸들의 믹스견이었는데 피부병으로 털이 군데군데 빠져 있었고, 그 작은 몸에 골절 흔적만 일곱군데라고 했다. 배변을 잘 가리지 못했고, 파양을 여러번 당한 뒤였다. 경주는 돌아오는 주말에 센터를 찾아갔다. 한번도 강아지를 키워본 적 없는 경주에게 담당자는 마지막 날까지 적합한 입양자가 없으면 아이를 데려갈 수 있을 것 같다고 말했고 경주는 그다음 주 내내 휴대폰만 바라보면서 지냈다. 내심 자기보다 좋은 조건을 가진 사람이 나타나지 않기를 바라면서. 경주는 자기 자신을 돌보는 것도 가끔 귀찮아 쉬는 날에는 온종일 늘어져 있을 때도 많았지만 아이가 오면 달라질 것이라고 믿었다. 적어도 그 작은 아이를 때리거나 방치하는 일은 없을 것이라고. 경주의 바람대로, 전화가 왔다. 안락사 예정일 바로 전날 밤이었다.

　아이는 경주와 경주의 집에 쉽게 적응하지 못했다. 피부병을 앓을 뿐 아니라 신장과 심장도 약해서 약을 계속 먹어야 했는데 음식을 잘 먹다가도 약은 토해냈다. 아이는 경주가 몸을 만지는 것도 허락하지 않았고 어쩌다가

스치기라도 하면 바로 물었다. 병원에 갈 때마다 약값과 검사비용 등으로 수십만원이 들었다. 경주는 카드를 하나 더 만들었다. 아이를 데리고 산책하러 나가면 다가오는 모든 것에게 이를 드러냈다. 경주가 약도 주고 밥도 주고 똥과 오줌을 치워주는데도 아이는 경주를 경계하고 피해 다녔다. 경주가 고민을 반려견 커뮤니티에 올렸는데, 누군가 댓글로 강아지가 전 주인의 폭력성을 학습한 것 같다고 적었다. 그 댓글을 보고 경주는 적금을 깨서 강아지 행동 교정시설을 다녔다. 지금 호텔에서 아이가 다른 강아지들과 잘 지내고 있을지 경주는 궁금했다.

희도는 경주에게 아이돌그룹 이름을 알려주면서 검색해보라고 말했다. 경주는 알겠다고 하고 다시 로그인을 시도해봤다. 어때? 희도가 물었고 경주는 '존재하지 않는 계정'이란 메시지를 보면서 예쁘다고 답했다. 예쁘지? 얘네는 영상을 봐야 해. 사진으로는 매력이 다 안 나와. 희도가 말했다. 경주는 얼마 전 유명한 셰프가 운영한다는 중식당에 갔던 일이 생각났다. 줄이 길었는데 바로 앞에 목덜미가 붉은 남자가 서 있었다. 남자와 한두발짝 떨어져 있던 여자가 다리 아프다고 짜증을 내는 아이를 안아서 어르는 동안 남자는 휴대폰으로 짧은 치마를 입고 발차기를 하는 여자아이돌 사진을 보고 있었다. 줄이 앞으로 이동하면서 여자가 아이를 자연스럽게 남자에게 넘겨주었다. 남자는 아이를 한 손으로 안은 채로 계속, 똑같은 사진을 보았다.

그들이 별장에 도착했을 때 산등성이가 어두워지기 시작했고 물방울이 조금씩 떨어졌다. 계곡에 갈 수 있을까? 보정이 차에서 내린 뒤 하늘을 올려다보면서 말했다. 소나기라고는 하던데. 희도가 트렁크에서 짐을 내리며 말했다. 경주는 자기 가방을 가지고 현관 앞에 잠시 서 있었다. 공기가 무거웠다. 별장은 경주의 생각보다 외진 곳에 있었다. 가까운 마을에서 차로 산비탈을 타고 10분은 더 들어와야 했다. 좁은 도로 옆으로 난 마당에 유리 지붕을 씌운 테라스가 달린 단층 벽돌집 한채가 달랑 있었고 좁은 마당과 비탈에 만든 텃밭은 넝쿨식물로 칭칭 감긴 나무들에 둘러싸여 있었다. 밑으로 도랑이 지나가는지 물이 콸콸 흘러내리는 소리가 들렸다. 희도가 무거워 보이는 아이스박스를 들고 현관 앞으로 와서 내려놓은 뒤 전화를 걸었다. 네, 잘 도착했습니다. 희도가 선배와 통화를 하면서 비밀번호를 누르고 현관을 열었다. 보정과 경주가 먼저 들어갔다.

눈이 어두운 실내에 적응하기도 전에 악취가 날아들었다. 묵직한 부패의 냄새였다. 오물을 뒤집어쓰기라도 한 듯 경주가 들어가지도 나가지도 못하고 현관에 서 있는 동안 보정이 안으로 들어가 화장실부터 확인한 뒤 냉장고를 열어보았다. 냉장고에 부풀어 오른 검은 비닐봉지가 하나 들어 있었다. 네, 선배님, 깨끗이 쓰고 나오겠습니다. 희도는 허리까지 숙이며 지나치게 깍듯이 전화를 마치고 아이스박스를 들여놓으면서 무슨 냄새지? 물었다. 보정은 말없이 싱크대에 있던 고무장갑을 낀 뒤 비닐봉지를 들고 화장실로 들어갔다. 곧 물 내리는 소리가 들렸다. 보정은 고무장갑을 낀 채로 싱크대로 와서 스폰지에 세제를 묻혀 냉장고를 열고 안을 닦아냈다. 화한 냄새가 악취를 어느 정도 덮어갔다. 희도가 아이스박스를 냉장고 옆에 가져다 놓고 거실의 통창을 열었다. 경주도 그제야 가방을 들여놓고 물티슈로 바닥을 닦았다. 새까만 먼지가 묻어났다.

방은 두개였고 여자들끼리 침대가 있는 큰 방에서 같이 자기로 했다. 희도는 남은 작은 방에 자기 가방을 가져다 놓으며 일단 물놀이할 옷으로 갈아입고 나오겠다고 했다. 경주와 보정도 가방을 가지고 큰 방으로 들어가서 간단히 짐을 꺼내놓았다. 보정이 먼저 입고 있던 원피스 지퍼를 내렸다. 경주도 보정에게서 등을 돌리고 남방과 청바지를 벗고 얇고 바스락거리는 반바지와 검은색 면 티셔츠로 갈아입었다. 보정도 옷을 다 입었으리라고 생각하고 뒤를 돌았는데 원피스를 발밑에 허물처럼 벗어놓은 채 보정이 그대로 굳어 있었다.

"언니, 이것 좀 봐봐."

보정이 경주를 불렀다. 경주가 가까이 다가가니 보정이 자기의 배꼽 밑을 가리켜 보였다. 작은 지렁이처럼 남은 절개 흉터였다. 제왕절개 수술 자국 같았다. 보정은 난산을 겪었고 수술해야 했다.

"이게 시간이 지날수록 아물어야 하는데, 점점 붉어지는 것 같아. 크기도 조금씩 커지는 것 같아."

"그럴 리가 있어?"

경주가 되물으며 상처를 자세히 봤다. 외계 생물체의 입술처럼 보이기도 했다.

"나도 그럴 수가 없다는 거 아는데, 상처가 너무 붉어. 안에 아직도 피가 고여 있는 것 같아."

경주와 보정이 상처를 바라보는 동안 창밖이 어두워졌다. 아주 잠시 매미 소리도 들리지 않았다. 그리고 비가 쏟아지기 시작했다. 보정과 경주가 나란히 고개를 들어 창밖을 바라봤다. 계곡에는 못 가겠다. 보정이 발밑에 벗어둔 원피스를 그대로 올려 입으며 말했다.

"뭐 해! 비 들이쳐!"

거실에서 희도가 소리쳤다. 경주와 보정이 거실로 나가자 희도가 거실의 통유리창을 닫고 있었다. 그새 바닥에 물이 고일 정도로 비가 들이쳤다. 경주가 물티슈를 뽑아들자 보정이 언니, 물을 물티슈로 닦으면 어떡해,라고 말하며 웃더니 화장실에서 수건을 하나 가져와 닦아냈다. 뭐든 물티슈로 닦는 게 습관이 돼서. 경주가 말했다. 물티슈에 미세플라스틱 있을 수도 있으니까 너무 많이 쓰진 마. 보정이 물이 뚝뚝 떨어지는 수건을 가지고 화장실로 가며 말했다.

희도가 빗물이 튄 티셔츠를 털어내며 보정의 뒷모습을 보고 있었다. 누나. 보정이 화장실로 들어가고 물이 쏟아지는 소리가 들리자 희도가 말했다.

"보정이가 최근에 무서운 게 많아져서 그래. 이제 아이도 학교 갈 때가 되고 보정이도 시험 쳐서 재입학하기로 했거든."

경주는 희도에게 잘됐다고 말했지만 너무 늦지 않았나

생각했다. 아이가 세살에 어린이집에 가면서부터 경주는 보정에게 복학을 권했다. 육아휴학 기간도 곧 끝나간다, 어차피 2학기에는 복학해야 하니 그냥 1학기부터 다니라고 말했지만 보정은 계속 생각해보겠다고만 하더니 끝내 학교로 돌아가지 않아 제적당했다. 경주가 희도에게 학교를 왜 포기하게 하냐고 술자리에서 약간의 원망을 담아 물었던 적 있었는데 희도는 억울하다는 듯이 말했다. 보정이 고집이라고. 그후로 경주는 보정에게 더는 학교 문제를 이야기하지 않았다.

셋은 계곡 옆 식당에서 점심을 먹을 계획이었기 때문에 점심 식재료는 따로 준비해 오지 않았다. 저녁에 먹을 고기와 즉석밥, 아침에 먹을 라면과 간식거리가 전부였다. 다행히 라면과 즉석밥이 다섯개들이여서 각각 세개씩 빼놓고 즉석밥 두개와 라면 두개로 점심을 해결했다. 비가 점점 거세지는 것 같았다. 수백마리의 말벌들이 웅웅거리는 것 같은 소리가 내내 집 안을 떠돌았다. 이따금 유리창에 새가 맹렬히 부딪친 것처럼 퍽하고 터지는 소리가 들려서 확인해보면 빗방울이 튀는 소리였다.

점심을 치우고 주전자에 물을 끓여 인스턴트커피를 종이컵에 담았다. 셋은 거실을 서성이며 창밖을 보고, 휴대폰으로 기상예보를 확인했다. 어느새 그 지역에 호우경보가 내려져 있었다. 분명 조금 전까지는 소나기랬어. 희도가 말했다. 경주는 호텔에 전화했는데 응답이 없었다. 여전히 로그인도 되지 않았다. 보정의 휴대폰이 진동했다. 종이컵을 든 채 창밖을 보고 있던 보정이 전화를 받았다. 응, 밥 잘 먹고? 성질 안 부렸어? 응, 고마워. 알았어. 통화는 짧게 끝났다. 처제야? 우리 아들 목소리 듣고 싶었는데. 희도가 말했다. 괜히 애 보는 사람만 더 힘들어져. 보정이 말했다.

비는 계속 왔다. 저녁이 가까워진 시간에 산사태주의보가 떴다. 기상뉴스 캐스터가 산사태에 잘 대비하라고 말했다. 셋 중 누구도 어떻게 대비해야 할지 알지 못했다. 테라스에서 고기를 구워 먹을 예정이었지만 비가 심하게 들이쳐서 불도 붙일 수 없었다. 그들은 테라스에서 어떻게든 불을 피워보려다가 흠뻑 젖은 채 안으로 돌아와서 프라이팬으로 삼겹살을 구웠다. 연기가 집 안에 가득 찼다. 모두 시간이 느리게 간다고 느끼고 있었으므로 술을 빠르게 마시기 시작했다. 고기를 안주 삼아 희도와 경주가 소주와 맥주를 섞어서 마셨고 보정은 사이다를 한잔 따라두고 조금씩 마셨다. 항상 그렇듯 희도가 먼저 취했다. 희도는 술버릇대로 고개를 푹 떨군 채 가끔 머리를 털어내듯 흔들었다.

"누나, 보정이가 왜 학교 다시 가겠다고 한 줄 알아?"

보정은 희도의 말이 들리지 않는 것처럼 휴대폰을 보고 있었다. 왜? 경주가 물으니 희도는 또 머리를 털어냈다.

"아동심리학을 공부하고 싶으시대. 빌라에 고양이 한 마리 키우는 집이 있거든. 그 집 고양이가 길거리 출신이라 자주 사라져. 뭘 어떻게 해도 집을 나간다고 하더라고. 그 고양이가 이번에는 우리 빌라 골목에서 내장이 터진 채로 죽어서 발견되었거든? 근데 그날 밤에 자전거 타러 갔던 아들이 몸에 고양이 털 좀 묻히고 왔다고 우리 애가 고양이 죽인 것 같다고 그러는 거야. 사이코패스의 전조 증상 아니냐면서…… 누나. 어떤 엄마가 자기 아들을 사이코패스라고 생각해? 그게 엄마가 할 수 있는 생각이야? 나는 진짜, 이해가 안 돼……"

주위가 한순간 새하얗게 밝아졌다가 산이 무너지는 것 같은 천둥소리가 뒤이어서 들렸다.

"천둥까지 치네."

경주는 속으로 생각한 줄 알았는데 말이 흘러나왔다. 줄곧 휴대폰을 만지고 있던 보정이 고개를 들어서 경주를

봤다. 보정은 이내 무심히 경주에게서 고개를 돌리고 창
밖을 바라보다가 어깨를 풀며 휴대폰으로 시선을 고정했
다. 게임을 하고 있는 것 같았다. 희도는 계속 자기 얘기를
중얼거리고 있었다.

아이를 데려온 후 몇달간 동물병원에 오가면서 경주는
동물을 죽이거나 학대하는 사람들에 대해서, 정확히는 아
이의 전 주인에 대해서 생각했다. 방치하고 유기하는 것
에서 그치지 않고 뼈를 부러뜨리고 피부를 태우는 사람
에 대해서. 어떤 분노 같은 게 올라올 때도 있었지만 경주
는 아이의 전 주인도 학대 받은 사람일 거라고 생각하기
로 했다. 아이처럼 그 인간도 어디선가 폭력을 배워왔겠
지. 결국 세상이 문제라고 경주는 생각했다. 희도와 보정
의 아이라면 경주도 몇번이나 본 적 있었다. 눈이 까맣고
눈물이 많은 아이였다. 그 아이가 고양이를 죽였다고? 뭐
가 문제인 거지? 경주는 희도와 보정을 번갈아 바라봤다.

"아니, 우리 애가 고양이를 죽였다 쳐. 자전거 타다가
실수로 쳤다 치자고. 그러면 애부터 걱정해야지. 애가, 애
가 얼마나 놀랐으면 우리한테 말도 못 했겠어?"

보정은 희도의 말에 아무런 대꾸 없이 계속 휴대폰만 만
졌다. 경주는 문득 아직까지도 문자에 답이 없는 호텔에

화가 났다. 하루에 웬만한 비즈니스호텔 비용을 받으면서, 새벽 일찍 거기까지 가서 아이를 맡긴 이유가 관찰 카메라 때문이었는데 날이 완전히 어두워진 저녁까지 아이의 얼굴 한번 보지 못했다. 경주는 급히 소주를 들이켰다.

"보정아, 너 진짜로 그렇게 생각하는 거 아니지? 진짜, 그건, 아니지⋯⋯"

희도가 머리를 쓸어내리고 한숨을 쉬면서 말했다. 보정은 희도를 잠깐 바라보고 다시 휴대폰 화면으로 눈을 돌렸다. 언니 조금만 참아줘. 난 애가 취하면 상대 안 하기로 했어. 보정이 말했다. 그때 문을 두드리는 소리가 들렸다. 빗소리를 잘못 들은 것이라고 경주는 생각했지만 보정이 자리에서 일어나 문 쪽으로 갔다. 다시 문 두드리는 소리가 들렸다. 보정은 밖을 내다보지도 않고 바로 문을 열어주었다. 군인이 왔어. 보정이 경주를 돌아보며 말했다. 경주는 의자를 뒤로 빼 현관 쪽을 돌아보았다. 판초우비를 입은 채 물을 뚝뚝 떨어트리며 군인이 현관에 서서 경례를 붙였다.

"실례합니다, 저희 부대가 산사태주의보 때문에 인근 마을에서 대비작업을 하고 있습니다. 시골이라 다들 일찍 주무시는지 불 켜진 인가를 찾다가 여기까지 왔습니다.

잠시 화장실을 써도 되겠습니까?"

군인의 목소리는 비를 오래 맞아서인지 다소 떨렸지만 부드럽고 따뜻하게 들렸다. 우비 안의 얼굴은 보이지 않았고 체격이 컸다. 보정이 선뜻 그러시라고 답했다. 군인은 현관 안으로 들어와 모자를 내렸다. 그리고 비에 젖은 우비를 신발장 위에 접어두고 흙이 달라붙은 부츠를 힘들게 벗어냈다.

군인은 연신 고개를 숙인 채 실례합니다,라고 중얼거리며 안으로 들어섰다. 보정이 군인에게 화장실을 안내했다. 군인이 걸어간 자리마다 흙물에 젖은 발자국이 남았다. 화장실 문이 닫히는 소리가 나자 그제야 희도는 고개를 들어 주위를 둘러보더니 누가 왔어?라고 물었다. 경주가 군인이 잠시 화장실을 쓰러 들렀다고 얘기해주었다. 희도는 경주의 말을 알아들은 것처럼 고개를 끄덕였다.

"누나 나 군대에 있을 때, 진짜 힘들었던 거 알지. 보정이랑 아기는 밖에 있지, 나는 도대체 왜 여기 이러고 있어야 하나 싶고. 냄새 나는 생활관에서 까슬거리는 모포 덮고 자면서. 별 이상한 데서 구르다 온 사내놈들이랑 맨날 얼굴 보고 땀 흘리고 기라면 기고 파라면 파고, 맛도 없는 밥은 남기지도 못하고, 어떤 날은 밥에서 조그만 애벌레가 나왔어. 진짜 애벌레였거든. 엄청 작은. 근데 하사관이 와서 보더니 미친놈이 벌레가 아니라 조금 색이 누런 쌀이라고 우기는 거야. 아니, 누나, 쌀이랑 애벌레랑 같아? 내가 그것도 모르겠냐고. 신고하려다가 혹시 일 커져서 괜히 휴가 잘릴까봐 참았잖아…… 보정이는 내가 이렇게 힘들었던 얘기를 들어주지도 않아…… 자기만, 자기만 힘들었지. 요즘 군대는 휴대폰도 쓰게 해준다며…… 정말 살기 편해졌네……"

화장실에서 아무런 소리도 들리지 않고 희도의 중얼거림은 계속되었다. 비는 그치지 않았고 한바탕 바람이 불면서 창문을 때리고 지나갔다. 물 내리는 소리도 나지 않았는데 군인이 화장실 문을 열고 나왔다. 실례했습니다. 저, 물 한잔 마실 수 있을까요? 군인이 물이 뚝뚝 떨어지는 손을 바지춤에 닦으며 물었다. 희도 옆자리에 앉아 있던 보정이 일어나서 종이컵에 생수를 따라 식탁에 두었다. 군인은 자연스럽게 경주 옆 빈자리에 앉아서 물을 단숨에 마셨다. 군인은 머리부터 발끝까지 젖어 있었다. 군인에게서 물비린내와 땀 냄새가 풍겼다.

"목이 정말 말랐는데 감사합니다. 이렇게 비를 맞고도 목이 마르다니 이상하죠"

군인은 앞에 있는 희도부터 보정과 경주를 차례로 둘러보며 말했다. 희도가 고개를 들어 군인을 봤다. 어, 누가 왔어? 희도가 또 물었고 경주는 다시 군인이 잠깐 화장실을 빌리러 들어왔다고 대답해주었다. 군인은 실례하겠습니다, 하고 또 말했다. 물을 한잔 더 마셔도 될까요? 군인이 물었고 보정이 군인에게 생수병을 건네주었다. 군인은 물을 한잔, 두잔, 세잔 연거푸 따라 마셨다.

"제가 별명이 물 먹는 하마였어요. 물이랑은 상관없이, 성이 하씨고 뚱뚱하다고 붙인 별명인데, 참 이상하죠. 진짜로 어느 순간부터 물이 끝없이 들어가는 거예요."

군인의 얼굴은 보고 있어도 좀처럼 특징을 잡기 힘든 얼굴이었다. 닮은 사람이 여럿 생각나는 것 같다가도 아무도 떠오르지 않았다.

"그러고 보니, 저도 초등학생 때 별명이 물 먹는 하마인 친구가 있었어요."

보정이 말했다.

"여자애였는데 걔는 물을 진짜로 많이 마셨어요. 분홍색 키티 물병을 매일 들고 다녔거든요. 그때도 여름이었는데, 남자애들이 장난친다고 물병 안에 교실에서 키우던 올챙이를 넣어놓은 거예요. 그런데 여자애가 물을 마시다

삼켜버렸죠. 남자애들도 놀라서 거기 올챙이 들어 있었다고 말하고, 난리가 났죠. 여자애가 울면서 계속 토하는데 올챙이는 안 나오고, 선생님 오고, 병원 가고……"

"저런."

군인이 말했다.

"그 여자애는 올챙이가 자기 안에서 개구리가 될까봐 무서워서 그날 하루 종일 아무것도 먹지 않았대요. 어른들이 아니라고, 이미 올챙이는 죽었고 곧 몸에서 나올 거라고 말해줘도 여자애는 자기가 먹는 음식으로 올챙이가 서서히 개구리로 자라고 있다는 생각을 떨칠 수 없었죠. 아마 그 여자애는 평생 자기 몸 안에서 무엇이 자라고 있다는 공포를 가지고 살았을 거예요. 최근에 그 여자애 소식을 우연히 들었는데 벌써 아이가 둘이라고 하더라고요."

경주는 보정을 보았다. 희도도 고개를 들어서 보정을 보았다. 군인은 고개를 끄덕이며 아이러니하네요, 하고 말했다. 희도가 군인을 보면서 다시 물었다. 어, 그런데 누구세요? 군인은 대민지원을 나왔다가 화장실을 빌리러 들어왔다고 설명하며 또다시 실례합니다,라고 말했다. 희도가 고개를 털면서 군인을 바라봤다.

"아, 수고가 많으십니다. 고생 많이 하시겠네. 근데 총은 왜 차고 나오셨지?"

경주는 곁눈질로 군인의 허리춤을 봤다. 총집이 달려 있었다. 군인은 말없이 물을 한잔 더 따라 마셨다. 꽉 차 있던 생수통의 물이 반 넘게 줄었다. 그게 마지막 물이었다. 냉장고에는 탄산음료만 남아 있었다. 군인이 아직도 가지 않네, 경주는 생각했다. 물을 정말 하마처럼 마시고 있잖아. 다시 주위가 환해졌다. 바로 뒤이어 천둥이 요란하게 쳤다. 이런 천둥이라면, 총소리가 나도 묻히겠네. 경주는 생각했다.

만약에요, 군인은 다시 좌중을 둘러보는 배우처럼 식탁에 둘러앉은 셋을 훑어보며 말했다.

"지금 산사태가 일어나서 이 집이 흙에 파묻힌다면요, 어떤 생각을 마지막으로 할 것 같으세요? 저는 이런 상상을 하는 걸 좋아해요. 사격훈련을 하다가 별안간 이걸 내 머리에 쏘면 어떻게 될까? 군장을 달고 행보하다가도 여기서 심장마비가 오면 어떻게 될까? 어떤 생각을 마지막으로 할까? 학교 다닐 때도 버스를 탈 때마다 늘 큰 교통사고가 나면 어떻게 될까? 길을 걷다가도 바로 지금 내 밑에 싱크홀이 생기면? 근데요, 매번, 이 문장밖에 안 떠올라요. 아, 좆됐다. 씨발, 이렇게 죽으려고 살았나. 사람이 어떻게 그럴 수가 있죠? 사랑하는 어머니 아버지, 형 누나, 동생, 친구들, 첫사랑 생각이 날 수도 있잖아요. 아니면, 오늘 아침에 밥 먹기 싫다고 짜증낸 거 죄송해요 어머니. 이런 문장이 떠오를 수도 있는 거 아니겠어요? 근데 매번, 어떤 상황에서도 저 문장밖에 안 떠올라요. 아, 좆됐다. 씨발."

"저는 아이가 있어요."

보정이 말했다. 형광등 불빛 아래서 보정의 얼굴은 희고 딱딱해 보였다. 아, 아이 생각을 하실 것 같으세요? 군인은 또 물을 따라 마시며 물었다. 이제 물은 거의 바닥이었다. 물을 다 마시면 일어날까? 경주는 얼굴에 열이 올라 손으로 이마를 짚었다.

"아이 생각을 하겠죠. 당연히. 그런 게 사람이잖아요."

"그럼 저는 사람이 아닐까요?"

군인이 물었다. 보정은 아니, 그런 말이 아니고요,라고 말하며 경주를 보았다. 경주는 손부채질을 하면서 군인에게 물병을 건네달라고 부탁했다. 군인이 물병을 주었고 경주는 병 입구에 입을 대고 남은 물을 다 마셨다.

"저는 반려견한테 미안할 것 같아요. 한번이라도 더 산책시켜줄걸. 내가 아끼는 캐시미어 코트 물어뜯었다고 짜

증내지 말걸…… 그애 전 주인이 학대를 심하게 했거든
요. 개보다도 못한 인간이…… 근데 그 인간도 안 죽었는
데 제가 왜 죽어야 해요? 저는 안 죽어요. 못 죽어요."

"이건 당위의 문제가 아니잖아요."

군인이 말했다.

"그리고 굳이 누가 억울하냐 하면, 아이가 있는 쪽이겠
죠. 강아지보다는요. 지금 이 비를 보세요. 언제 산이 무너
져 내려도 이상하지 않잖아요? 세상일이 그런 거니까요.
물 더 없을까요?"

보정은 탄산음료밖에 남지 않았다고 말했다. 군인은 제
가 물을 다 마셔버렸군요. 실례가 많았네요,라고 말했지
만, 자리에서 일어나지 않았다. 저기요, 경주가 입술을 깨
물다가 말했다.

"그쪽이 뭔데 아이 있는 쪽이 더 억울할 거라고 생각해
요? 동물 키우는 사람은 죽어도 돼요? 동물 죽이는 인간
들 생명이, 아무 해도 안 끼치는 동물보다 중요해요?"

보정과 희도가 경주를 쳐다보고 있는 것을 느꼈지만
경주는 얼굴에 올라온 열 때문에 그들이 제대로 보이지
않았다. 오직 흐릿하던 군인의 얼굴만 또렷하게 시야에
들어왔다. 군인은 경주를 보면서 그런 문제는 아닌데요,

244

라고 말했다. 개가 짖는 소리가 가까이서 들렸다. 뒤이어 여자의 비명 같기도 하고 발정 난 고양이 울음 같기도 한 찢어지는 소리가 길게 울렸다. 고라니 울음소리네요. 군인이 말했다. 어쩌면 고라니를 쫓아서 멧돼지가 내려왔을 수도 있겠어요. 경주는 등을 돌려 거실 창을 보았다. 테라스의 조명이 켜져 있어서 마당을 조금 비췄다. 어둠 너머 뭔가가 움직이고 있는 것 같기도 했다. 산이 무너지고 있거나 젖은 털을 바싹 세우고 숨을 몰아쉬며 이편을 노려보고 있는 커다란 짐승이 있다고 해도 이상하지 않은 어둠이었다.

"걱정 마세요. 군인이 여기 있잖아요."

군인은 그러면서 허리춤의 총집을 두드렸다. 군인은 빈 생수통에 수돗물을 따라와 다시 물을 마시기 시작했다. 한컵, 두컵, 종이컵이 흐물해졌다. 군인은 자리에서 일어날 생각이 없어 보였다.

친밀한 적

한영인

1. 원한의 하드보일드

성혜령의 소설은 차갑고 건조한 문체와 서스펜스의 능란한 활용을 통해 오늘날 한국사회가 맞닥뜨린 불안과 원한의 정동을 서늘하게 묘파해낸다. 그의 소설을 따라 읽어온 독자라면 누구나 수긍할 수 있을 이러한 서술에서 성혜령 소설의 개성적인 문제틀을 구성하는 핵심인자를 꼽으라면 그것은 단연 '사회'이다. 그의 소설이 사회 현실에 대한 리얼리즘적 재현을 목표로 삼고 있지 않다는 점을 떠올려보면 조금은 의아하게 느껴질지 모르겠다. 확실히 그의 소설은 오늘날 한국사회의 다채롭고 모순적인 풍

경을 객관적인 관찰자의 위치에서 날카롭게 재현하고자
하는 시도와 그 결을 달리한다. 그의 소설적 배경은 현실
의 일부를 뚝 떼어내 전경화한 무대장치에 가까우며 작품
에 등장하는 대부분의 인물들은 여타의 사회적 관계로부
터 절연된 채 고립되어 존재한다.

하지만 그 단절과 고립이 오늘날 세계적인 보편성을
갖는 사회적 사실로 우리에게 육박하고 있다면 어떨까?
노리나 허츠가 『고립의 시대』(홍정인 옮김, 웅진지식하우스
2021)에서 경고했듯 미증유의 초연결 사회를 살아가는 현
대인들은 역설적으로 관계 빈곤에 따른 만성적인 외로움
에 시달리고 있다. 병적으로 깊어진 외로움은 타인을 향
한 적의와 불신, 박탈감과 원한 감정을 증폭시키고 상업
적 미디어를 통해 실시간으로 전파되는 사고와 재난은 파
국을 맞이한 세계에 홀로 남겨져 있다는 공포와 무력감에
휩싸이게 만든다. 성혜령 특유의 서스펜스는 근대의 사회
적 상상을 뒷받침해왔던 도덕적 규범과 심리적 안정이 지
속 불가능한 것으로 여겨지는 오늘날 사회구조를 예리하
게 되비춘 결과물이다. 친밀성의 외피 아래 잠복한 균열
을 포착하고 그 균열의 틈새로 파고드는 파국의 징조를
현시하는 그의 소설은 오늘날 변화한 사회적 관계성에 대

한 섬뜩한 우화처럼 보인다.

표제작 「버섯 농장」에서 출발해보자. 스릴러 문법을 차용하고 있는 이 작품은 자연스럽게 남자를 죽인 범인이 누구인지 묻게 만든다. 남자는 과연 "협심증, 심근경색, 뇌경색"(33면)과 같이 돌발적인 신체 이상으로 숨진 걸까. 아니라면 진화에게 살해당한 걸까. 온당한 궁금증이지만 여기서는 조금 다른 질문을 던져보고 싶다. 그것은 ('누가 남자를 죽였는가?'가 아니라) '다른 사람이 아닌 왜 하필 그 남자가 죽어야 했는가?'라는 물음이다. 다시 말해 남자의 죽음은 서스펜스를 자아내기 위해 도입된 우발적 에피소드에 불과한가 아니면 모종의 서사적 필연성이 작동한 결과인가?

이 물음에 답하기 위해서는 진화가 어떤 인물인지 살펴볼 필요가 있다. 진화는 "복잡한 상속 소송에 걸려" "거의 방치된"(10면) 낡은 오피스텔에 거주하면서 "부모 잘 만나서 스무살 때 쇼핑몰을 시작해 (…) 내킬 때마다 해외로 여행이나 다니는 어린 사장"(9면) 밑에서 일하는 노동자다. 회사 대표를 향해 매일같이 "저주와 욕"(같은 면)을 퍼붓고 입버릇처럼 "불평"(10면)을 늘어놓으며 자주 격정적인 "화"(14면)에 사로잡히는 그녀는 부의 대물림이라는 사회적 유전 법칙의 그물에 걸린 채 온갖 부정적인 정동에 속수무책으로 노출된 인물이기도 하다. 교통사고로 사망한 "부모님이 가지고 있던 오피스텔"의 월세와 "보험금"(18면) 덕분에 생계를 위한 노동으로부터 방면된 기진을 은연중에 세습의 수혜자로 바라볼 만큼 그녀의 내면은 곪아 있다.

이 작품은 오늘날 사회적 격차를 낳는 주요인으로 급부상하고 있는 세습을 정면으로 겨냥한다. 여기서 세습을 둘러싼 적대의 선은 진화와 기진 사이의 우정을 분할하는 것에 그치지 않는다. 그것은 세습을 둘러싼 사회적 욕망의 벡터를 정반대로 거스르는 남자의 태도로 인해 진화가 사로잡히게 되는 차가운 분노와도 결부된다. 남자의 잘못은 흔히 생각하듯 그가 진화의 빚을 갚아주지 않았다는데 있지 않다. 기진이 친구라는 이유로 진화의 빚을 대신갚아주어야 할 의무가 없듯 남자 역시 장성한 아들의 잘못을 책임져야 할 의무는 없다. 그렇다면 남자의 죽음은 우발적인 사고였을 뿐인가?

그렇지 않다. 진화는 어머니를 부양하는 데 몰두할 뿐자식의 삶에는 무책임한 남자의 태도에서 자기도 모르는사이 아버지의 얼굴을 읽어낸 듯 보이기 때문이다. 진화는 남자의 비닐하우스에 놓인 "실내용 미니 골프대"(29면)를 보고 아버지의 사장실에 있던 "미니 골프대"(33면)를 떠올린다. 미니 골프대는 진화가 IMF로 인해 아버지의 사업이 망하기 전까지 꽤 윤택한 생활을 영위했음을 보여주는 증거인 동시에 계급적으로 추락해버린 자신의 현재를 되비추는 오브제다. 그것은 한때 진화를 중산층에 안착시켜줄 수도 있었으나 오래전에 끊어져버린 동아줄의 잔해이기도 하다.

골프채를 손에 쥔 진화는 쓰러진 남자에게 다가가 그의 머리를 가볍게 친 뒤 이렇게 말한다. "한번, 쳐보고 싶었어."(33~34면) 그런데 진화가 응징하고 싶었던 사람이 정말 그 남자였을까? 진화의 무의식적 분노가 겨냥하는 대상은 좋은 사업체와 월세가 나오는 오피스텔이 아니라 비루하고 초라한 삶을 물려준 그녀의 아버지가 아니었을까. 남자의 죽음은 세습으로부터 소외된 진화의 내면에 쌓인 분노와 원한이 자식에 대해 무책임한 태도로 일관하는 남자를 보는 순간 되살아나 엉뚱한 방식으로 회귀한 결과처럼 보인다. 이렇듯 남자가 진화의 아버지를 대리표상하는 존재인 한 그가 살아서 버섯 농장을 빠져나갈 가능성은 처음부터 없었다고 봐도 좋다.

2. 친밀성의 이면들

「버섯 농장」이 세습 자본주의 시대의 원한 감정을 서사의 정동적 자원으로 삼아 무의식의 복수극을 연출하고 있다면 「물가」는 서로 다른 계급적 위상에서 발생하는 낙차가 친밀성의 하부구조를 어떻게 침식하는지를 드러낸다.

오랜 친구 사이인 '나'와 유안은 서로 다른 계급에 속한 인물이다. 외국어고등학교를 나와 "대학 졸업 후 외국계 무역회사에 취직"(70면)한 유안이 중상계급(upper-middle class)에 속해 있다면 오래된 빌라 원룸에 거주하면서 샌드위치 가게에서 아르바이트를 하는 '나'는 불안정 노동 무산계급(precariat)에 속해 있다. 서로 다른 계급에 속한 이들은 어떻게 친구가 될 수 있었을까? 비밀은 작품의 결말에 밝혀진다. '나'는 유안이 어릴 때 학교에서 실종된 여아가 "브랜드 아파트단지"가 몰려 있는 자기 동네에서 사체로 발견된 사건 때문에 어쩔 수 없이 "아랫동네"(88면) 놀이터에서 놀면서 사귀게 된 친구였던 것이다. 유안과 '나'의 우정은 계급적 월경(越境)의 산물처럼 보이지만 유안이 '나'와의 진실한 우정을 위해 기꺼이 그 벽을 넘은 것 같지는 않다. 신자유주의 엘리트들이 국경의 벽을 무람없이 넘으며 자신의 생활세계를 확장해나가듯 유안 역시 자신의 이익을 위해 편의적으로 계급의 벽을 오갔을 뿐이다.

둘 사이를 가로막고 있는 계급의 장벽은 '나'의 눈에 마냥 "안전하고 좋은 세계"(70면)에 거주하는 듯 보였던 유안 역시 여성혐오적 폭력에서 자유로울 수 없는 존재임이 드러나면서 균열의 계기를 맞이하게 된다. 실제로 유안은 임신한 뒤에 인셀을 비롯해 "총기난사, 묻지마 폭행, 안티페미니스트 시위"를 다룬 수많은 기사를 '나'에게 보내면서 "내가 그동안 세상을 너무 몰랐던 것 같"(69면)다는 분노를 드러낸다. 그러나 유안의 분노는 이제까지 자신을 포근하게 감싸주던 "안전하고 좋은 세계"가 위협받게 되었다는 억울함에서 비롯할 뿐 그와 같은 위험을 일상적으로 맞닥뜨리며 살아가야 하는 '나'의 처지에 대한 공감으로 확장되지는 않는다. '나'는 그런 유안의 "자기중심적인" 면모마저 기꺼이 이해하려 애쓰는데 ― "유안 같은 삶을 산다면 그렇게 되지 않기가 더 어려울 테니까.(85면) ― 이런 '나'의 태도에서 우리는 두가지 사실을 유추할 수 있다. 이제까지 유안과 '나'의 관계는 '나'의 체념 섞인 이해를 바탕으로 지속되어왔을 거라는 것. 그리고 '나'는 여성을 대상으로 한 폭력에 함께 노출되었다는 공통 감각만으로 계급의 장벽을 뛰어넘을 수 있으리라고 순진하게 기대하지 않는다는 것.

'나'는 유안과 함께 잃어버린 그녀의 반려견 치약이를 찾으러 나서지만 유안은 반려견을 찾아도 그만 못 찾아도 그만이라는 듯 심드렁한 태도를 보인다. 치약이를 찾지 못하면 네 마음이 힘들지 않겠냐는 '나'의 물음에도 유안은 이렇게 대답할 뿐이다. "그것까지 신경 쓰진 마."(90면) 유안의 대답은 '나'의 죄책감을 덜어주기 위한 배려가 아니다. 거기에는 자기보다 하층 계급에 속한 '나'가 감히 자신을 걱정하는 건 주제넘은 짓이라는 불쾌감이 은연중에 배어 있다.* 계급적으로 구획된 거주지와 그에 조응하

---

* 「대체 근무」에는 관련해 인상적인 대목이 등장한다. 출산휴가를 쓴 임 주임의 자리에 임시 사무보조 직책으로 투입된 단강은 사무실의 여성 연구원들과 종종 밥을 먹으며 작은 친분을 쌓게 된다. 아이가 사망한 뒤 조기 복귀한 임 주임이 불성실한 업무 태도를 보이자 단강은 여직원들에게 임 주임이 "일하러 온 사람 맞는지 모르겠어요"(138면)라고 공개적인 불만을 토로한다. 그러자 평소에 먼저 나서서 임 주임을 흉봤던 여직원들은 "단강의 말에 고개를 끄덕였지만 평소와 달리 임 주임에 대한 말을 덧붙이지는 않"(139면)는다. 여직원들의 침묵에는 정직원인 우리가 임 주임을 욕하는 건 괜찮

는 아비투스의 격차를 고려한다면 처음부터 유안이 '나'를 진지한 친구로 여겼을 가능성은 거의 없다. 어쩌면 '나'도 치약도 유안에게는 마음만 먹으면 "언제든 다시 뽑을 수 있"(87면)는 인형에 불과했는지 모른다.

이처럼 성혜령은 사적인 친밀성에 스며 있는 사회적 권력과 자원의 불평등한 배치를 예민하게 의식하지만 그의 세계에서 사회적인 계급 격차만이 친밀성을 위협하는 유일한 요소는 아니다. 「윤 소 정」이 보여주는 것처럼 좀처럼 접근을 허락하지 않는 타자의 심연 또한 친밀성의 균열을 가져온다. 이 작품의 제목은 마치 단일한 고유명사처럼 보이지만 개별 구성요소 사이에 팽팽한 척력이 작용하고 있다는 점에서 친밀성에 관한 통찰력 있는 은유를 담고 있다. 친밀성의 영역이란 타인에게 투명하게 닿고 싶다는 욕망과 타인이 온전하게 파악할 수 없는 자신의 고유성을 주장하고 싶은 욕망이 모순적으로 충돌하는 공간이 아니던가.

지만 비정규직 사무보조인 네가 우리와 똑같이 정규직인 임 주임을 욕하는 건 주제넘은 짓이라는 메시지가 깔려 있다. 공교롭게도 임 주임에 대해 공개적으로 불만을 이야기한 다음 날 단강은 혼자 점심을 먹는다.

성혜령 특유의 하드보일드 스타일은 친밀한 관계의 외피 아래 잠복한 냉정한 거리감을 극대화한다. 그 차가움 때문일까. 사랑처럼 우정도 오래 묵으면 어쩔 수 없이 부패해버리는 부분이 생겨나기 마련인데 이들의 우정에는 그런 질척이는 부패의 흔적이 거의 느껴지지 않는다. 소는 정이 보이스피싱에 당해 돈을 날린 날 공원을 걷다가 이렇게 묻는다. "그런데 왜 우린 한번도 잔디밭에 안 들어가지?"(42면) 어쩌면 셋은 잔디밭 주위를 맴돌 듯 서로의 가장자리만 오래 맴돌았을 뿐 서로의 복판으로 뛰어들 생각은 하지 못했던 게 아닐까. 아무리 친밀한 사이더라도 일정 정도의 거리를 유지하게 만드는 척력의 관성이 정이 겪은 고립감과 우울에 깊이 다가가려는 둘의 발걸음을 가로막고 있었는지도 모른다.

윤은 보이스피싱에 당해 심하게 자책하는 정에게 "다소 짜증 난 어투로 우리는 괜찮으니까 너나 잘 추스르라고"(같은 면) 말할 뿐, 정의 복판에 뛰어들어 그녀가 겪고 있는 고통 옆에 나란히 서지 않는다. 그건 정을 향해 "사기를 친 사람이 나쁘지, 네가 왜 나쁘냐고. 왜 그렇게까지 미안해하냐고"(63면) 말했던 소도 다르지 않다. 정의 고통이 잃어버린 돈 때문이 아니라 끊어낼 수 없는 자기혐오

때문이라는 걸 깨달았다면 윤과 소는 정에게 기꺼이 기댈 수 있는 존재가 될 수 있었을까. (남자친구와 함께 사느냐는 소의 물음에 정이 "의지할 사람이 필요해서"라고 답하는 대목은 가슴 아프다. 50면) 작품의 결말에서 정의 어머니를 위해 산 옷을 버스에 놓고 내렸다는 사실을 알고 자책하는 소에게 윤은 괜찮다고, "정말로 괜찮다고"(64면) 말한다. 윤이 소에게 건네는 괜찮다는 말은 윤과 소가 정에게 건넸던 괜찮다는 말과 닮은 듯 다르며 다른 듯 닮아 있다.

3. 균열과 침입

성혜령의 소설에는 유독 침입자가 많이 등장한다. 남미와 조오의 집에 들이닥친 살림의 친구(「주말부부」)와 문진의 별장에서 눌러앉아 주인 행세를 하는 순연과 노부부(「마구간에서 하룻밤」), 물을 얻어 마시러 들어왔다가 나갈 생각을 하지 않는 군인(「사태」)이 대표적이다. 일반적으로 침입자는 평온한 일상에 돌연한 균열과 파국을 가져오는 존재로 여겨진다. 하지만 성혜령의 세계에서 침입자는 균열과 파국을 초래하는 존재가 아니라 이미 도래해 있는 균열과 파국의 징조를 현시하는 존재에 가깝다.

「주말부부」의 경우를 살펴보자. 사건은 지방 공장에서 일하며 주말마다 신혼집에 올라오는 조오가 기숙사 룸메이트인 살림의 담배를 몰래 꺼내 피우게 되면서 발생한다. 알고 보니 (마약으로 추정되는) 그 담배는 한대에 백만원짜리였던 것. 살림의 친구라고 주장하는 낯선 외국인이 조오와 남미의 신혼집으로 찾아들고 엉겁결에 남미는 그 남자를 집 안에 들이게 된다. 자초지종을 들은 조오는 남미에게 카드를 주며 오백만원을 찾아오라고 내보낸 뒤 몰래 문자를 보내 집에 들어오지 말고 밖에서 기다릴 것을 주문하지만 돈을 받기 전에 남자가 결코 집을 떠나지 않을 거라 생각한 남미는 조오의 말을 무시하고 집에 돌아와 남자에게 돈을 건넨다.

범상치 않은 사건이지만 이 사건이 조오와 남미 사이에 특별히 가시적인 갈등을 초래하는 것 같지는 않다. 남미는 조오에게 왜 남의 담배를 허락도 없이 피워서 생돈 오백만원을 날렸냐고 타박하지 않으며 조오 역시 왜 집에 들어오지 말고 밖에서 기다리라는 자기의 말을 무시했냐고 남미를 추궁하지 않는다. 살림의 친구가 돌아간 뒤 남미는 아무 일도 없었다는 듯 샤워를 하고 조오는 핸드폰으로 일본 코미디쇼를 볼 뿐이다. 그 과정에서 조오와 남미는 서로에 대해 많은 생각을 하지만 그 생각은 결코 입 밖으로 발설되지 않는다. 그리고 이튿날 조오와 남미는 마치 평범한 부부의 역할을 연기하듯 한강공원으로 피크닉을 떠난다. 둘의 사이는 단단한 신뢰와 애정으로 결속되어 있어 그깟 돈 오백만원에 흔들릴 일이 없는 걸까.

그보다는 돈 문제로도 뜨거운 싸움을 불러일으키지 못할 만큼 둘 사이는 이미 차갑게 식어 있는 것처럼 보인다. "2주간 남미를 보지 못했는데 그다지 힘들지도 슬프지도 않아서 불안"(100면)을 느낄 만큼 조오는 아내 남미에 대한 정서적 친밀감이 희박하며 남미 역시 자신의 속마음을 조오에게 허심탄회하게 털어놓지 않는다. 남미는 조오가 "정말로 페인트 공장에 만족하고 있는 것이 아닌가?"(119면) 의심하지만 조오를 향해 그 물음을 직접 발화하지 않으며 조오 역시 "남미가 무엇을 생각하고 무엇을 그리든 자기와 상관없는 일"(103면)로 치부한다. 「윤 소정」의 친구들 사이에 작용하는 척력의 관성은 조오와 남미 사이에도 작용하는 것 같다. 서로를 향한 생각은 내면적 독백으로만 발화되며 현실에서의 대화는 묽은 메밀 반

죽처럼 뚝뚝 끊어질 뿐이다. 조오는 결혼하고부터 자기 말을 전혀 듣지 않게 된 남미가 "모든 걸 망쳤다고"(121면) 원망하지만 어쩌면 조오가 "자기가 남미를 구제했다고 믿었고 그 사실을 가끔은 남미보다 사랑"(102~3면)하게 된 순간부터 그들의 관계에는 깊은 균열이 생겨나고 있었던 건 아닐까.

「마구간에서 하룻밤」의 노부부는 "소파를 차지하고 자기 집인 양 텔레비전을 보면서 문진이 알지도 못한 지난 25년간의 일에 대해 돈을 내놓으라고 요구"(179면)하고 순연은 마치 그 노부부와 "한 가족"(178면)처럼 문진의 별장에 눌러앉아 웃음과 이야기를 나눈다. 그 별장은 분명 문진의 것이지만 그곳에서 주인 행세를 하는 것은 문진을 제외한 나머지 타인들이다. 이 작품의 침입자들은 경계 바깥의 타자가 우리의 재산과 안전을 느닷없이 위협할지 모른다는 세계화된 공포를 반영하는 듯 보이기도 한다. 친밀성을 가장하며 자신의 내부에 깊숙이 침입하고 있는 그들은 오늘날 선량한 시민들의 안전을 위협하는 적대적 타자를 대표하는 난민과 외국인을 표상하는 걸까?*

----

* 성혜령의 소설에는 '외국인'에 대해 편집증적 분노를 지닌 인물이

그렇게 해석할 여지가 없지 않다. 그렇지만 이 작품이 난민과 외국인을 비롯한 경계 밖 타자를 잠재적인 범죄자로 간주하는 적대적 태도를 합리화한다고 말하기는 어려울 것 같다. 이 작품에서 핵심은 그 침입자의 실체보다 모종의 분열증을 겪고 있는 문진의 진실에 맞춰져 있기 때문이다. 만약 문진이 정말 분열에 시달리고 있다면 그것은 침입자로 인해 발생한 것이 아니다. 따라서 그녀가 겪는 분열증의 원인을 외부의 타자에게 돌리기는 어렵다. 그녀의 분열은 오히려 국경 밖의 타자와 대면하는 과정에서 오늘날 현대 사회가 마주하고 있는 극심한 분열과 공명하는 듯 보인다. 그렇다면 성혜령의 침입자들은 우리 사회가 앓고 있는 오랜 병증을 공개적으로 드러내 시험대에 올리길 닦달하는 '손님'인지 모른다.

여럿 등장한다. 「대체 근무」에는 공장에서 일어난 폭발 사고가 외국인 노동자의 테러라고 주장하는 인물이 등장하며 「주말부부」의 조오는 자신의 평온한 주말을 망친 살림의 친구를 범죄자라 부르며 분노를 드러낸다. 「마구간에서 하룻밤」에 등장하는 노부부와 순연, 펜션 여자 역시 자신의 일상에 돌연히 침입한 외부인의 계열에 속해 있다. 이 외부인 계열의 인물들은 자연스럽게 오늘날 세계적인 공포와 위협의 대상으로 떠오른 국경 밖의 타자를 떠올리게 만든다.

4. 불가해한 미래

이제까지 살펴보았듯 성혜령의 세계는 개인의 심리적 안정을 보증하던 전통적인 관계가 해체되었으나 대안적인 친밀성의 형식은 아직 발명되지 않은 위기의 공간이다. 세계의 거대한 허방에서 피어오르는 낯선 두려움을 성혜령의 인물들은 다채로운 편집증적 의심으로 변주해낸다. 「버섯 농장」의 기진은 "상처를 입은 채 버려져 있던 고양이를 구조하고 입양한 뒤 일주일에 한두번씩 영상을 업로드"(8면) 하는 유튜버가 실은 "고양이한테 상처를 내고 구조하는 영상을 찍어 유튜버가 된 것은 아닌가"(31면) 의심하고 「사태」의 보정 역시 자신의 아이가 고양이를 죽인 사이코패스가 아닐까 의심하며 「윤 소 정」의 윤은 정의 남자친구가 치매에 걸린 정의 어머니를 학대하는 건 아닌지 의심한다. 아무리 반복해 읽는다 해도 우리는 결코 그 상황을 명확하게 설명할 유일한 진실에 도달할 수 없다. 그 의심은 우리의 이성적 앎을 초과한 곳에 자리 잡고 있다는 점에서 무지가 아니라 불가해에 속한 것이다.

성혜령의 불가해함은 현대인이 거느리는 오만한 자유

의지를 극단적으로 심문한다. 과연 우리는 우리 행위의 완벽한 통솔자인가? 우리가 바라본 세계를 우리는 온전히 믿고 수용할 수 있는가? 겉과 속이 다른 타인처럼 우리가 대면하는 세계 역시 제멋대로 분열되어 있는 것이 아닌가? 보는 것이 정말 믿는 것일 수 있는가? 성혜령의 소설은 의식의 통제를 벗어나 제멋대로 미끄러져 나가는 의외의 운동성을 보여줌으로써 우리를 그와 같은 물음 앞에 데려다 놓는다. 하지만 이 물음에 대한 우리의 대답이 허무주의적인 무기력으로 귀결될 이유는 없다. 그 불가해함은 현재를 단일한 결론에 묶어두지 않음으로써 다가올 미래를 개방하는 가능성의 중심이 될 수도 있기 때문이다. 과연 성혜령은 다가올 미래를 어떻게 다른 방식으로 열어낼 수 있을까. 그 불가해한 미래를 상상하며 그의 다음 작품을 기다리는 동안 우리는 지루함을 느낄 틈이 없겠다.

韓永仁 | 문학평론가

첫 소설집이어서 그런지, 처음이 자꾸 생각납니다. 내 첫 소설은 어땠더라, 언제 처음 소설이 쓰고 싶어졌을까. 저는 지금까지 저에게 왜 소설을 쓰게 되었냐고 묻는 사람들에게 이렇게 말해왔습니다. 아팠다고요. 열일곱살 때 다리에 암이 생겼고 그후로 열시간이 넘는 수술을 세번을 받았다고요. 뼈를 잘라내고 누워 있는 동안 영화와 드라마 그리고 소설 속 이야기를 굶주린 사람처럼 탐구했다고요. 그 이야기에 빠져서 잠시 제 고통은 잊고 숨을 쉴 수 있었다고요.

외로움과 고통이 이야기를 만들고 싶다는, 이 벅찬 욕망을 자라게 만들었을까요? 외로움과 고통이 있었기에 제가 지금 소설을 쓰고 있는 것일까요?

저는 투병 중일 때, 이런 말들을 정말 끔찍하게 싫어했습니다. 지금 내게 닥친 고통이 무언가 좋은 것으로 되돌아올 것이라는 말들이요. 지금만 견디면 너는 앞으로 더 훌륭한 사람이 될 거란 위로를 받을 때면 속에서 차가운 분노가 휘몰아치곤 했습니다. 고통의 대가가 그저 점점 커지는 고통과 가족의 파산과 죽음뿐일 수도 있는데, 실제로 그런 경우가 훨씬 더 많은데, 무엇을 근거로 고통을 견디면 성대한 미래가 올 것이라고 말할까?

지금도 저는 그런 말은 하고 싶지 않습니다. 아무에게도, 그리고 저에게도요.

어린 나이에 암에 걸려서 저는 마음이 더욱 좁아졌습니다. 가족들에게 쉽게 상처 받고 쉽게 상처 주었습니다. 삶에 대한 통찰력을 얻지도 못했고, 성숙한 어른이 되지도 못했습니다. 다만, 부모님의 헌신적인 돌봄을 받으며 운 좋게 살아남아 학교를 졸업하고 직장생활을 하게 되는 동안, 이야기를 만드는 사람이 되겠다는 욕망을 놓지 못했을 뿐입니다. 이야기 없이 삶을 견디는 법을 알지 못했기 때문입니다.

지금까지 저를 돌봐주고 있는 가족들과 새로 가족이

된 분들, 그리고 이 책이 나오기까지 수고해주신 모든 분들께 감사의 마음 전합니다.

저에게는 제 소설을 읽어주시는 분들이 있다는 것이 세상에서 가장 신기한 일입니다. 감사합니다.

2024년 봄의 초입에
성혜령 드림

| 수록작품 발표지면 |

버섯 농장……『에픽』2022년 7/8/9월호

윤 소 정……『창작과비평』2021년 가을호

물가……『창작과비평』2022년 여름호

주말부부……『현대문학』2021년 12월호

대체 근무……문학웹진『림』2023년 7월호

마구간에서 하룻밤……『여름기담: 매운맛』(읻다 2023)

간병인……『문학동네』2023년 겨울호

사태……『자음과모음』2023년 봄호

버섯 농장

초판 1쇄 발행 • 2024년 4월 5일

지은이 / 성혜령
펴낸이 / 염종선
책임편집 / 김가희
조판 / 박지현
펴낸곳 / (주)창비
등록 / 1986년 8월 5일 제85호
주소 / 10881 경기도 파주시 회동길 184
전화 / 031-955-3333
팩시밀리 / 영업 031-955-3399 · 편집 031-955-3400
홈페이지 / www.changbi.com
전자우편 / lit@changbi.com

ⓒ 성혜령 2024
ISBN 978-89-3953-8 03810